KB138652

객석

양정숙 소설집

객석

우리는 살면서 크던 작던 상처를 안고 살아갑니다. 그 중 쉽게 치유되어 새 살이 돋는 경우도 있지만, 평생토록 아물지 않는 상처로 남는 수도 있습니다.

어느 날 외출하기 위해 아파트 계단을 내려가던 중 발을 헛디뎌 그만 구르고 말았습니다. 다리와 팔이 골절된 큰 상처였기에 병원에 입원을 했습니다.

TV는 왕왕거리고, 환자들은 밤이 깊은 줄도 모르고 떠들어 댔습니다. 아픔을 참기도 고통스러운데 소란스런 분위기까지 더하니 신경이 곤두섰습니다. 피하려면 병실을 1인실로 옮겨야 합니다.

가만히 눈을 감고 생각했습니다.

'피할 수 없으면 즐겨라.'

라는 말이 떠올랐습니다. 이 말은 마치 계시와도 같이 다가왔습니다.

즐기기로 마음을 먹었습니다. 다른 것이 보이기 시작했습니다.

마치 인생극장이라는 연극 무대에 저들은 배우요 나는 관객이라는 생각이 드는 겁니다.

다섯 편의 이야기 중 〈객석〉은 각양각색의 병명을 가지고 입원한 여성 환자들과 그의 보호자들이 들려주는 이야기입니다.

얘기에 귀를 기울이기 시작했습니다.

오남매를 둔 한 청상은 여성이기에 재산을 억울하게 몰수당하고도 동네를 떠나야 했습니다. 또 한 환자는 딸이었기에 교육 받을 기회도 얻지 못하고 어린 시절을 보냈던 얘기가 애잔하게 가슴을 적셨습니다. 각자 토해내는 지난 얘기들이 그림처럼 여러 가지 색깔로 내 마음을 물들였습니다.

나는 6.25 세대입니다. 전쟁과 굶주림을 직접 체험하며 자랐습니다.

요즘에야 우리나라에 그런 슬픈 전쟁이 언제 있었냐는 듯 모든 것이 풍족해졌지만 그 흔적이 흉터처럼 소설 곳곳에 숨어 있습니다.

　독자가 이 소설을 어떤 인연으로 만났든 기성세대는 나라를 일으켜 세운 자부심으로, 젊은 독자들은 우리 할머니 할아버지가 그렇게 어려운 시대를 살아냈구나, 딸이라는 이유로 차별을 받았지만 종내는 자녀들을 훌륭하게 키워냈구나 하고 공감한다면 나는 이 소설이 성공이라는 생각이 들 것 같습니다.

　끝으로 이 책이 나오도록 도와주신 분들이 계십니다. 턱없이 부족한 글에 응원을 보내며 기꺼이 출판을 허락해 주신 출판사 '예서'와 뒷표지글을 써 주신 스승 '한승원' 선생님께 고개 숙여 감사드립니다.

2022년 여름
양정숙

차례

객석

정신이 들어 병실로 옮기니 세 명의 환자가 자리에 있다. 본시 6인용인데 3명은 빠져나간 모양이다. 나는 각 침대에 붙은 이름표를 일별한다. 82세, 고관절 골절 정 딸그막, 58세 목 디스크 나영자, 55세의 신장염 오정애, 62세 척추에 금이 간 나 김일숙이다. 병실은 각기 다른 증세의 환자로 50대에서 80대까지 골고루다.

나는 교통사고가 있었다. 차도를 건너는데 승용차가 나를 박아 내던지고 달아났다. 차는 허리께에 격심한 충격을 가했다. 그 자리에서 혼절했던 모양이다.

깨어보니 병원 응급실이었다. 의사는 12주 진단을 내렸다. 간호사가 물었다.

수술한 적 없습니까? 평소에 드시고 있는 약이 있습니까? 알레르기는 없습니까?

이는 병실에 입원하면서 거쳐야 하는 통과의례다. 증상의 경중에 관계없이, 병의 이력과 체질을 꼼꼼히 적고 나면, 환자는 침대를 차지하게 된다. 나는 이렇게 입원실에 들었다.

"여보, 시끄러우니까 돈이 조금 들더라도 독방을 쓸까?"

"아뇨. 아파트 대출금도 갚아야 하고 지금 그럴 형편이 안 되잖아요."

이것저것 벌려놓은 것에 대한 수습할 금액이 많았다.

병실은 남편의 말대로 시끄럽기 짝이 없다. 텔레비전은 자정을 넘어서까지 왕왕거리고, 잠이 없는 여인네들은 새벽까지 떠들어댄다.

나의 자식들은 모두 출가하여 따로 살고 있다. 우리 집은 절간 같은 곳이다. 중학교 교장을 지낸 남편은 집에 들어오면 책만 본다. 아파트는 큰 도로가 없는 산기슭에 자리하고 있다.

나는 소음을 싫어하는 편이다. 안락한 가정에서 태어나 안정적인 직장을 가진 남편을 만나 큰 일 없이 무난하게 살아온 나이다. 자식들도 말썽 없이 잘 자라 제 갈 길을 가고 있다. 조용한 것이 몸에 배어 있다.

새로 이주한 아파트가 마음에 썩 든다. 남편도 그런 것 같다. 나는 병실의 분위기에 마음속으로 역정을 내고 있다. 어떤 때는 '조용히 해!'라고 버럭 소리를 지르고 싶다. 하지만 그럴 수는 없는 일이다. 모두 돈 내고 들어온 똑같은 처지가 아니던가. 싫으면 독방으로 옮겨야 한다.

이 난관을 벗어나고 싶다. 그러려면 저들을 받아들이고 끌어안아야 한다. 저들의 소리에 귀를 기울이기 시작한다. 저들의 인생살이가 다채롭다고 생각된다. 무슨 인생극장에라도 들어온 것만 같다. 나는 상상의 나래를 편다. 이 병실은 연극의 무대이고 저들은 바로 연극배우들이고, 각자 침대는 객석이라고. 나는 서서히 무대의 막을 올리기 시작한다. 내 눈 앞에서 제1막 1장이 시작되고 있다.

나의 눈이 조명을 받고 있는 무대를 한 번 쓱 훑는다. 제일 나이 많은 80대의 정 딸그막이 눈에 먼저 들어온다. 이 환자는 키가 아주 작다. 초등학교 저학년 아이만 하다. 고관절이 부서져 인공 뼈로 교체했다.

그녀는 쪽머리를 고수하고 있는데, 반백의 긴 머리를 풀어헤쳐 놓고 있어 첫인상부터 그리 좋은 편은 아니다. 꼭 귀신의 형상이다. 이름에서 알 수 있듯 딸이 많은 집의 셋째나 넷째쯤으로 태어났을 것이다. 그만큼 푸대접받고 세상에 나온 여자일 터이다. 딸그막 할머니는 치매를 앓고 있어 의사소통이 거의 불가능하다. 정신이 제자리로 돌아올 때만 빼놓고.

침대 위에 걸린 수액이 봉지에서 줄을 타고 혈관으로 들어간다. 기저귀가 채워져 있고 소변 줄이 연결되어 있다. 보호자인 큰아들은 이틀 간격으로 간병인과 교대를 한다. 그는 주로 보조침대에 앉아 간병에 임한다. 그도 어머니를 닮았는지 단구이다.

신장염을 앓고 있는 55세의 오정애가 불쑥 객석을 향해 질문을 던진다. 동료들의 인적사항일 터이다.

오정애는, 병의 치료를 목적으로 하는 병원 측보다 꼼꼼히도 묻는다. 마치 군대나 감방의 신입 신고식과도 같다고 생각된다. 좀 기분이 상한다. 하지만 답변을 피할 수도 없는 입장이다. 병실의 환자들에게 은근히 따돌림당할 수도 있을 것 같기 때문이다. 오정애는 안면거상수술로 부석부석한 눈을 껌벅이며 나에게 묻는다.

"나이는 어떻게 되지라우? 그것을 알아야 언니 동생이 정해지지 않겠어요."

"예순둘이여요."

"아, 제가 동생이네요. 어디가 어떻게 아파 오셨어요? 그래야 도와줄 일이 뭔지 알 것잉 게요."

"교통사고예요. 척추에 금이 갔대요."

"고향은 어디지요?"

"광주 토백이여라우."

"현재는 어디 살고요?"

"광주 외곽의 아파트에서 살아요."

"그럼 언니는 어떤 일을 하고 있지요?"

"이 나이에 무엇을 허겄오. 왜 그런 것은 꼬치꼬치 물어요?"

관객인 나는 다소 짜증이 난다. 나는 입을 꽉 봉하고 무대에서 눈을 거둔다. 오정애는 입을 비죽 내밀고 몸을 옆으로 튼다.

밤이 된다. 병실에서 이런저런 이야기가 오간다. 다시 객석에서 시선의 닻을 던지고 귀를 쫑긋 세운다. 여자 전용 병실이라 특별한 사정이 없는 한 여자들만 밤을 지내게 된다. 아내나 어머니의 간병을 위해 남편, 또는 아들이 들어오는 수도 있다. 그러나 남자가 없는 날이 더 많다.

그런 때는 환자들 간에 더 진솔하고 흉허물이 없어진다. 저마다 깊숙이 감춰두었던 이야기까지도 비집고 나온다. 말하는 사람이나 듣는 이 모두 눈시울을 적시는 경우도 있다. 관객은 목이 메기도 한다. 환자들은 밤이 깊은 줄도 모르고 이야기 삼매경에 빠진다. 부지불식간 벽시계를 보면 새벽 한두 시를 훌쩍 넘기고 있음을 알게 된다. 그러나 신세타령은 계속된다.

이렇게 속을 모두 털어놓고 나면 피를 나눈 언니 동생보다 더 흉허물이 없어지기도 한다. 나이를 초월하고 신분을 뛰어넘는다.

자식뻘의 나이에도 동생으로 대한다. 그 중 유별난 언니 동생도 있다. 자신의 침대를 두고 남의 자리에서 같이 먹고 자기도 한다. 오정애는 이런 것을 노려 나에게 이것저것 묻는 것인지도 모른다. 빨리 언니 동생이 되어 속마음을 터놓는 사이가 되자고.

나는 오정애를 따뜻한 눈길로 바라본다. 오정애는 배시시 웃는다. 나도 마주 보며 미소를 던진다. 이것은 저 석가와 가섭

간의 이신전심(以心傳心), 심심상인(心心相印)이 아니겠는가. 나의 가슴에 따뜻한 피가 돈다. 나는 무대를 자세히 바라본다.

 딸그막 할머니의 장남이 등장한다. 이 사내에게 어머니의 신상에 대해 이것저것 물어본다. 역시 오정애다. 딸그막과는 대화가 통하지 않기 때문이다. 사내는 자신의 나이는 60세이고, 이름을 마원평이라고 밝힌다. 그의 얼굴에는 술기운이 얼마간 돈다. 마원평은 음료수를 벌컥벌컥 마시더니, 어머니의 신세타령인지 자신의 그것인지 모를 것들이, 채 소화되지 않은 소주 냄새와 함께 쏟아낸다.

 이곳에 들어오는 팔십대 환자는 마지막 삶이 되는 수가 허다하지라우. 노인들은 활동량이 적어서 화장실이나 자신의 방에서 넘어져도 치명적이고요. 우리 엄니도 그랬어라우. 엄니 같은 분들은 거의 골다공증 환자들이기 땜에, 뼈가 부서지면 오랫동안 자리보전하고 누워 있기 마련 아닌가요.

 우리 엄니는 중농의 가정에서 태어났고, 시집와서도 그런대로 잘 살았지라우. 헌디 아버지가 33세에 우리 오남매를 두고 저 먼 하늘나라로 가부렀어라우. 청상과부가 된 엄니는 앞이 캄캄했겠지요. 어떻게 하면 어린자식들 데리고 살림을 꾸려갈

까. 만만하기만 하던 머슴도 남편 없으니 호랑이같이 무섭더라요. 밤이면 방문을 꼭꼭 잠그고 뜬눈으로 밤을 새우다시피 했다고 헙디다.

엄니는 여러 날 궁리 끝에 머슴에게 후한 세경을 주고 계약 날짜 앞당겨 내보냈어요. 머슴마저 내보내고 나니 세상에는 자신 혼자뿐인 것 같았대요. 엄니는 우리들 배곯지 않도록 사방팔방으로 뛰었어라우. 감자밭, 고구마밭 등으로. 농사 지어 뒷방과 곳간에 곡물을 쌓아놓아도 불안하기는 마찬가지였지요. 저녁이 되면 검은 그림자가 방문 앞에 기웃거리는 것만 같더랍니다. 도둑이 들어 곡식 등을 모두 털어갈 것만 같아서였지요. 오정애가 말했다. 곡식을 팔아 은행에 넣어두면 되잖아요. 나영자가 기부스한 목을 뻣뻣이 치켜들고 버럭 소리를 지른다. 아따, 그냥 들어나 봅시다. 우덜이 궁금해 하던 부분 아니유. 마원평의 이야기는 계속된다.

그 시절 시골에서 은행이 무엇인지나 알았겄어요. 믿을 곳이라고는 동네 사람들의 심부름을 맡아 주는 방앗간뿐이라는 생각이 들었대요. 엄니는 방앗간에 쌀과 돈 따위를 맡긴 후, 공책에 적어 놓고서야 두 다리 뻗고 잠을 잘 수가 있었대요.

허나, 시간이 지날수록 그게 아니라는 생각이 들더랍니다.

내 피붙이도 아닌 다른 사람의 남정네를 어떻게 믿나, 하는 생각이 들 때면 자다가도 벌떡 일어나곤 했더라요. 엄니는 고민에 고민을 계속하다 하루는 방앗간에 찾아갔었지라우. 엄니는 그랬대요.

"맡겨놓은 돈은 모다 돌려줘야겠습니다."

방앗간 주인은 눈부터 부라리더랍니다.

"돈은 뭣에 쓰려고 그러요? 시방은 누가 모다 빌려갔으니께 모래쯤 오씨요."

하더랍니다. 엄니는 멀리도 아니고 바로 모레니까 의심 없이 그냥 돌아왔대요. 헌디 모레에서 또, 모레로 미루는 것이 불안해 견딜 수가 없었겠지요.

이틀 후 방앗간을 찾아갔대요. 주인은 능청을 떨더랍니다. 빌려준 돈을 받아 은행에 넣었는데 찾아오지 않았다. 은행에서 돈을 찾아 저녁에 가지고 가겠으니 염려 꽉 붙들어 매고 기다리라고요. 엄니는 할 수 없이 저녁이 되기만을 기다렸어라우. 시간이 지날수록 가슴에서 방망이질 소리가 멈추지 않았지요. 자정이 가까운 시각이었대요. 밖에서 인기척이 들렸어라우. 엄니는 반가운 마음에 방문을 열고 나갔지요. 방앗간 주인은 집게손가락을 펴 입술에 붙이며 조용히 하라고 일렀어요. 그리고 슬그머니 배암처럼 방안으로 들어왔지라우.

마원평의 이야기는 여기서 잠시 중단된다. 딸그막이 손가락으로 자신의 배 아래 쪽을 자꾸 가리켰기 때문이다. 마원평은 눈치를 채고 기저귀를 갈아준다. 딸그막은 이가 모두 빠진 잇몸을 드러내며 흐물흐물 웃는다. 마원평은 뭉친 기저귀를 쥐고 밖으로 나간다. 쓰레기통에 버리기 위해서다.

마원평이 다시 들어와 보조침대에 앉는다. 그는 주위를 한 번 둘러본다. 마원평의 어머니만 빼놓고 객석에 앉은 모두가 그의 입을 바라보고 있다. 나 역시도 마찬가지이다. 마원평은 갑자기 생각난 듯 이야기를 계속한다.

엄니는 그날로 방앗간 주인의 작은 마누라가 돼 버렸지라우. 시간이 흐를수록 우리 전답은 녀석의 손아귀로 들어갔제. 허, 참. 옘병헐 자식. 큰마누라가 심심허면 찾아와서는 엄니 머리 끄댕이를 잡고 패대기를 쳐대곤 했어라우. 엄니는 땅바닥에 나동그라져 버둥거렸죠. 난 어서 커서 원수를 갚겠다고 이를 갈았어라우. 허험, 망할 종자들.

마원평은 바닥에 있던 종이컵을 들어 가래침을 타악, 뱉는다. 엄니는 그럴 때마다 내 재산만 돌려주면 여기를 떠나겠다며 버텼죠. 두 내외가 몰려와 당신 재산이 어디 있냐, 지금까지 너와 자식들을 먹여주고 입혀준 것만도 고맙게 생각하라며, 툭하면 폭언에 폭력이었지라우. 엄니는 더 이상 버틸 재간이 없었어요.

엄니는 재산을 몰수당한 채, 아무 대책도 없이 우리를 데리고 보성 외가로 갔어라우. 엄니는 여름이면 남의 논밭에서 일하고, 겨울에는 생선 등을 머리에 이고 다니며 곡식과 바꾸어 왔제라우. 엄니의 강한 생활력 덕분에 우리 오남매는 아무 탈 없이 자랄 수 있었지요.

세월이 흘러 자식들이 장성하여 각 지방으로 뿔뿔이 흩어졌어라우. 엄니 혼자서만 고향에 남았어요. 시골이라는 곳이 그렇지 않습디여. 노인들만 남아 양로원이 돼 버린 지 오래지라우. 자신의 집에서는 잠만 자고, 마을회관에 나가 밥해 먹고 하루 종일 놀다, 밤 되면 잠자리로 돌아가고.

헌디, 어느 날부터 이장이 나한테 자꾸 이상한 전화를 한단 말입니다. 우리 엄니가 빌리지도 않은 돈을 내놓으라 허고. 자기 물건을 가져갔다며 억지를 부린다는 겁니다. 게다가 어떤 때는 엉뚱한 짓도 서슴지 않는다는 구만요.

하루는 엄니가 가스 불에 얹어 놓은 냄비 뚜껑을 열어보니

쥐 두 마리가 요동치고 있더라는 겁니다. 지금꺼정 고생한 것이 문제가 되었던지 엄니의 정신에 이상이 생기기 시작한 것입지요.

엄니를 병원으로 모셨어라우. 거기서 치매판정을 받았어요. 솔직히 말해 엄니를 집에 모시고 싶은 생각은 없었어라우. 나는 아직 일이 있어 엄니를 돌볼 수 없고, 집사람에게 맡기면 가정의 평화가 깨질 것 같았어요. 치매 노인을 모신다는 게 어떤 것인지 들 잘 아실 겁니다. 곧바로 요양원에 입원시켰지라우. 한편으론 마음이 편합디다. 치매판정을 받아 입원비도 한 달에 삼십만 원밖에 안 되어라우. 경제적으로 큰 부담 안 가고, 사고 저지를 일 없고, 밥 굶지 않고, 게다가 돌봐주는 사람이 있으니 을매나 편해요.

엄니도 그런대로 적응을 잘해가더라고요. 헌디 입원한 지 열흘 만에, 목욕탕에서 넘어졌어요. 고관절이 깨져 인공 뼈를 넣었지요. 엄니의 치매 증세는 더욱 심해져 갔고, 허허, 나 원 참. 여기서 마원평의 이야기는 끝난다.

마원평은 꾸벅꾸벅 졸기 시작한다. 창밖은 푸른빛이 미세하게 퍼져가고 있다. 관객들은 딸그막 아들의 모노드라마에 서로가 자신들의 감정을 이입시켜 밤을 꼬박 새운 것이다.

딸그막은 상의를 걷어 올려 쭈글쭈글한 젖을 드러낸다. 시든 유방을 두 손으로 잡고 젖꼭지를 마원평에게 내민다. 아가, 이제 젖묵어야제, 잉? 마원평은 깜짝 놀라며 눈을 뜬다. 그는 어머니의 상의를 내려주고 두 손으로 얼굴을 감싸 안으며 병실 밖으로 뛰쳐나간다. 마원평은 다시 돌아오지 않는다. 직장에 출근을 위해선지, 자신의 감정에 격해서인지, 무대에서 사라진 것이다. 나는 등을 돌리고 눕는다. 나는 이들에게 아무할 말이 없다.

오정애는 나영자에게 시선을 돌린다. 언니도 뭔가 기막힌 사연이 있을 것만 같은디. 얼굴에 쓰여 있거던. 나를 포함한 모든 사람들의 눈길이 나영자의 입에 가 머문다. 나영자는 멋쩍은지 배시시 웃는다. 말하기가 쪼까 그런디. 오정애는 나영자에게 눈을 부라린다. 아따, 공짜가 어디 있어라우. 딸그막 할머니의 이야기를 들었으면 값을 해야제. 나영자는 손을 훼훼 내젓는다. 아, 알았어. 알았당게. 나영자는 물 한 모금 마시고 목청를 가다듬는다.

폐병 앓던 남편을 4년 전 저 세상으로 보냈네. 중매로 만났어. 남편은 7년을 병원에서 투병했어. 간병하는 도중에 힘이 부쳤던지, 아, 글씨, 밑이 빠지는 거여. 빈궁마마가 되었지. 어렸을 적 옆집 아줌마가 작은각시하고 싸우면서 공알 빠져 디질 년이라고 욕을 했어야. 어린 생각에도 그게 여자에게 가장 큰 욕이라고 짐작했지. 못할 짓을 많이 해서 얻은 욕인가 보다 하고. 헌디 잘못은커녕 서방 살릴라고 밤낮 가리지 않고 디지게 고생한 내가 공알이 빠졌단 마시.

걸어 다니면 밑이 씨께씨께 걸리적거려 견딜 수가 있어야제. 몸이 조금 편하면 그게 덜했지. 어째 이렇게 칼로 에인 것처럼 아래가 쓰릴까. 거울 놓고 밑을 안 들여다 봤더랑가. 질 속에서 계란만한 것이 비집고 나오지 않겠어. 손가락으로 밀어 넣으면 들어가고, 놓으면 다시 삐져나오고. 병은 분명 병인가 본다. 아니, 병이고 나발이고 일을 할 수가 있어야제. 남편 병원비를 벌기 위해 오후에는 식당 일을 나갔는디 발 뗄 때마다 밑이 쏨벅쏨벅해 도저히 참을 수가 없더란 마시.

참다못해 산부인과에 찾아갔네. 의사가 묻더라고. 남편 있냐고. 병든 남편이지만 없다고는 할 수 없었제. 폐병으로 병원에 입원해 있다고 했지. 아이를 다 낳았으면 이 구멍은 별로 필요가 없지만 남편과 살려면 꼭 필요합니다. 남편과 제대로 살려면 이쁜이 수술을 하는 게 좋습니다. 나는 손을 내저었어. 남편이 살아있어도 그 능력은 없응게 그냥 막아주시씨요.

의사는 내 말에 따랐지. 수술을 해 놓고 보니까 생리는 새어 나오는디, 보이는 것은 오줌 나오는 구멍뿐이지 않겠어. 써 먹을 일도 없는 구멍 무슨 필요가 있을까 싶었는디 살다본께 그게 아니더란 말이시.

남편은 세상을 떠났지. 병들어 있을 때는 지겹던 남편이 그래도 살아있는 게 좋았다는 것을 깨달았지. 살아갈수록 세상이 온통 텅 빈 것만 같았어.

춤을 배웠어. 외로우면 춤을 추러 다녔제. 남정네들과 비비고 놀다 보니께 어쩌다 딴 생각이 날 때도 있더라고. 상대의 꼿꼿이 선 물건이 나의 아랫배를 문질러 댈 때는 마음이 흔들렸지. 한강에 배 지나간 것 누가 알겠으며, 셈에서 물 두어바가지 떠낸들 무슨 흔적이 남겠냐고. 뭉쳐진 허기 확 풀어 버리면 그만이제. 죽으면 썩어질 몸 아녀. 꼬옥 안아 주는 남자도 있었고, 술 냄새 풍기며 얼굴을 마구 비비는 사람도 있었네. 교양 있게 자분거리며 속삭여 주는 남자도 있었제. 그런 날은 돌아와 잠자리에 누우면 더 허전해서 견딜 수가 없었지.

나영자는 쓸쓸하게 웃더니 잠시 입을 다물었다.

오정애가 입을 연다.

"언니, 현금 오천만 원 내놓고 아파트 앞으로 해 준다는 사람 있는디 한 번 만나보겠어?"

"아따, 구멍도 읎는 지집을 누가 돈까지 묶어 줌서 살겄냐?"

"구멍이 없기는 왜 없어?"

"제구실을 못헝게 없는 거나 매한가지지."

"누가 구멍 없다고 헐라간디."

"숨긴다고 그게 될 일이냐. 결국은 드러나고 말 것인디. 사기 쳤다고 당허면 어쩔 것잉가 이 사람아."

나영자는 한숨을 푹 내쉬더니 이야기가 계속된다.

나는 아홉 남매의 맏이로 태어나 고생만 죽살이 했지. 궂은 일만 도맡아 했어야. 학교라고는 문턱도 안 밟아 봤지. 못 배운 것에 한이 되고 원이 되었제. 세상을 헛 산 것 같아 후회가 막심허네. 오정애가 받는다. 언니, 이제라도 늦지 않았어. 공부를 해봐. 쉬운 한글부터라도. 나영자는 활짝 웃는다. 그래도 한글은 야학을 조금 다녀서 깨쳤네. 그럼 됐어. 책방에 가서 좋은 책들을 사다 읽어봐. 천리 길도 한 걸음부터라는 말도 있잖여. 아우야, 고맙다. 자네를 일찍 만났더라면 춤 배우지 않고 공부부터 했을 텐디. 남자 품에 안겨 무대를 뱅글뱅글

돌며 꾸는 꿈은 모다 헛것이었어야. 파랑새는 다 저 멀리 날아가 부렀제. 나이 들고 병든 육신만 남겨놓고.

아직꺼정 이런 것들을 누구한테 내색도 못했는디 오늘 여그서 처음 이야기보따리를 풀어놓는구먼. 여기 있는 사람들이 언니 같고 동생 같아서야. 참, 나는 내일 퇴원이네. 모다 좋은 친구들이제. 나영자는 나를 정시했다. 저 언니는 아무 말이 없어 어쩐지 모르고 떠나네만. 나는 침묵으로 일관하며 나영자의 시선을 피해 고개만 푹 숙였다. 다음 날 목디스크 환자 나영자는 퇴원수속을 밟고 병실에 과일 한 상자를 들여보내며 떠난다.

나는 식판을 거두고 침대에 길게 눕는다. 오정애가 먼저 눈에 들어온다. 오정애는 신장염으로 이 병실에 입원하고도 성형외과에 자주 들락거린다. 또한 틈만 나면 손거울을 들여다본다. 입은 앞으로 툭 튀어나오고 곱슬파마로 성긴 머리가 봐주기 좀 그렇다. 그네는 거울로 오늘은 성형한 자리 부기가 얼마나 가라앉았을까 관찰하고, 수술 전보다 인상이 얼마나 달라졌는지 확인하는 게 일과가 되어 버린다.

그런데 탈이 난 것 같다. 귀 옆 절개한 부분이 덧나서 진물이 조금씩 흐른다. 신장이식으로 면역력이 떨어진 것은 생각지 않고 목욕하면서 가볍게 여긴 게 화근이다. 그런데도 이이는 왜 남의 사생활에 그렇게도 관심이 많은가. 자신에 대해서는 일체 함구하면서. 나는 무대를 향해 몇 마디 던진다.

"저, 오정애 씨, 당신도 과거에 대한 보따리를 조금 풀어놓는 게 어떻겠수. 남의 이야기만 듣기가 미안허지 않소."

내 말투는 분명 시비조인데 오정애는 그렇게 받아들이지 않는 품새다. 오정애는 나를 보면서 배시시 웃는다. 냉수를 한 컵 벌컥벌컥 들이킨다. 그리고 좌중을 죽, 둘러보며 말한다.

나와 딸그막 할머니와 비교하면 어떤 면에서 비슷한 것 같으요. 내 살아온 것 책으로 쓰면 아마 열 권은 넘을 거요. 객석의 나는 오정애의 말을 중도에서 가로챈다.

"정애 씨는 딸그막 할머니에 비하면 아직도 청춘인데 무슨 사연이 그렇게 많지요?"

오정애는 목을 빳빳이 세운다.

"하이고, 말도 마씨요. 나는 항상 죽음을 준비해 놓고 사는 사람이요."

"어떻게?"

"장롱 정리해 놓고, 밑반찬도 해 놓고, 돈도 어디에 넣어두었는지 공책에 적어 놓고 사요. 나 없으면 불쌍한 남편 당분간이라도 버티기 힘들기 때문이요."

"남편이 왜 그렇게 불쌍해요?"

"사십오 세부터 하던 일 다 접어버리고 나한테만 매달렸어라우. 난 육 년 전에 신장이식을 했고, 그 후 계속 혈액투석을 했어요."

오정애는 양팔을 걷어 보인다. 피부 속에는 혈관 확장용 스프링이 수십 개가 들어 있다. 하지 정맥류보다 더 큰 혈관이 불룩불룩 튀어나와 지렁이가 꿈틀거리는 것 같다. 오정애는 말을 잇는다.

"오랜 기간 투석하다 셋째 딸의 신장이 나의 것과 맞아 이식을 했구만요."

신장을 준 사람은 정상이 되어 아무 이상이 없지만, 받은 이는 계속 면역 억제 주사와 약을 먹어야 해서 병원을 전세 내서 살다시피 했어라우. 그때 시어머니 눈초리가 그럽디다. 어서 죽어 버리면 내 자식 등골이나 안 빼먹지. 그래도 살다본께 한 가지 덕을 본 게 있어라우. 장애 2급 판정을 받았지요. 국가에서 관리하는 환자 아니우. 나라에서 이런 보호장치를 해 놓아 국가의 혜택을 많이 받게 되었지요. 전에는 이런 것이 없어 집 두 채가 고스란히 병 치료하는 데 들어갔어라우.

이제 참 좋은 세상이 되었지요. 좀 여유가 생겼어요. 그러니 언제 죽을지도 모르는 인생 하고 싶은 것이나 하면서 살고 싶어지더만요. 내 살아온 삶을 책으로 쓰고 싶었어라우. 하지만 가방끈이 짧아 언감생심이었죠. 그것은 차후로 미루고 얼굴을 조금 젊게 고치고 싶었소. 마침 병원에 입원한 처지가 아니요. 내친 김에 여그서 성형을 했지라우. 꿩 먹고 알 먹고, 도랑 치고 가재 잡고, 그런 게 아니겠수.

나는 허허, 실소하고 만다. 왜 하필 병원에 입원하여 부모님이 준 얼굴부터 뜯어고치고 싶었을까. 새삼스럽게 오정애의 얼굴을 자세히 본다. 쌍꺼풀 수술, 얼굴거상술, 눈썹 문신, 의술과 미용으로 손을 댈 수 있는 곳은 모두 바꿔 놓은 것 같다. 게다가 얼굴과 손에 박힌 검버섯을 파내고 잡티까지 레이저로 모두 긁어 놓았다. 그러니 전체적으로 괴기스럽게만 보일 뿐이다. 잘라내고, 파내고, 얼마나 아팠을까.

오정애의 그로테스크한 모습에 자꾸 웃음이 삐져나온다. 성형수술은 가족 모르게 한 것이기에 더욱 전전긍긍이란다. 오정애는 말한다. 내 잃어버린 젊음을 찾고 싶어 성형외과와 피부과를 옮겨 다녔다고. 여자는 아름다운 것에 삶을 걸고, 남자는 정력에 목숨을 건다고 했지라우. 나는 여자여라우. 남에게 예쁘게 보이고 싶은. 오정애는 다시 거울을 치켜든다. 나는 저 얼굴에 어떻게 남편을 만났을까 궁금해진다. 나는 무대를 향해 말한다.

"저, 오정애 씨는 어떻게 서방님을 만났어요?"

오정애의 입가에 잠시 미소가 번진다. 오정애가 입을 연다.

"처녀 때 충장로에서 양장점을 했어라우."

스물세 살이었지요. 해가 서산 너머로 잠겨갈 무렵이었어라우. 한 총각이 형수를 데리고 와 옷을 맞추어주겠다는 거예요. 나는 천을 추천해주고 디자인 결정도 했어라우. 총각은 일이 끝났는 데도 형수만 보내고 가지 않는 것이었지요.

총각 처녀 아닌가요. 할 일 없이 둘이서만 있을 수도 없고 하여 총각에게 약속한 일이 있다고 둘러댔어라우. 총각이 말헙디다. 자신이 가게를 지키고 있을 테니 다녀오라고요. 나는 고개를 절래절래 흔들었어요. 시간이 많이 걸릴 텐데 하면서요. 총각은 빙그레 웃었어요. 오늘은 시간이 많으니 내가 올 때까지 가게를 봐주겠다는 거예요. 그런 사람을 억지로 밀어낼 수가 없었지라우. 형수까지 데리고 와 옷을 맞춰주는 사람이 설마 나쁜 사람일 수 있겠느냐 싶었죠. 밖에 나가 이리저리 돌아다니다 밤 늦게 가게에 왔는데 총각은 그때까지 안 가고 있는 거지라우. 나는 의아해서 물었어요. 왜 이렇게 많은 시간을 낭비하느냐고. 총각은 말했어요. 전부터 나를 죽 지켜봤다고요. 오늘은 나를 좋아한다는 말을 하기 위해 작심하고 왔다는 거예요.

총각이 가게에 들리는 횟수가 점점 늘었어라우. 나도 총각이 마음에 들고 편안하게 느껴졌지요. 그러다 총각의 자취방에 가서 그만. 히히, 덕분에 총각과의 사이에 사 남매를 두게 되었지라우.

얼마 전 술이 거나하게 취해 들어왔습디다. 내 앞에서 신세 한탄을 하는 거예요. 남들은 이쁘고 건강한 마누라하고 즐기면서 사는데 자기는 병든 마누라 만나 뒤치다꺼리만 하다가 인생 다 보내버렸다고. 내가 처녀 때부터 병이 들었더냐고 악을 쓰며 대들었지만 자고 일어나서 내 심경에 변화가 왔어요. 기회만 닿으면 성형을 해야겠다고 마음먹었지요.

내리고 오르면 채워지는 버스처럼 병실도 곧, 채워진다. 나 영자가 떠나고 채 한 시간도 안 돼 간호사들이 링거 봉지가 걸린 침대를 밀고 무대로 들어선다. 천정을 향해 곤두선 흰 머리카락이 먼저 나의 눈에 들어온다.

환자는 막 수술을 마친 듯 눈을 감은 채 아무 표정이 없다. 나이가 많은 할머니 환자다. 가족이 줄줄이 따라 들어온다. 환자의 이름표를 힐끗 본다. 88세의 박복례이다. 병력, 체질, 먹고 있는 약 등을 알아보는 통과의례가 끝나면, 가족이 되었 건 직업인이든 간병인을 정해야 한다. 짐을 챙기던 딸그막의 간병인이 할머니의 가족에게 묻는다.

"간병인을 쓸 거예요? 그렇다면 제가 하고 싶어서요."

할머니의 남편으로 보이는 할아버지가 답한다.

"아니지라우. 지가 할 겁니다."

간병인은 눈을 치뜬다.

"할아버지가요?"

"내가 집에서도 했던 일인디 왜 남의 손에 맡겨라우."

"아, 그러세요."

간병인은 다소 실망한 눈치다. 할아버지의 아들이 나선다. 안 됩니다. 아버지가 어떻게 어머니 병수발을 하시려고요. 아버지는 눈 수술해서 내일 병원에도 가야 허잖어요. 게다가 여기는 모두 여자분들만 계시는데.

"허긴, 그렇구면. 그럼, 내 오늘 밤만 새고 가지."

아들이 받는다.

"그렇게 허세요."

결국 부자지간의 흥정은 끝난다. 오정애가 할머니의 아들에게 어떻게 된 일이냐고 묻는다. 아들은 설명한다.

"오래 전 빨래를 널려다가 난간에서 낙상을 했어요. 혼자 힘으로는 아무것도 할 수가 없는 중환자입지요."

"저런, 안 됐네요."

오정애는 고개를 끄덕인다. 할머니는 마취가 덜 깼는지 의식불명이다. 할머니의 가족은 보조의자에 앉아 애꿎은 시간만 죽이고 있다. 그러더니 가족은 하나둘 무대에서 사라지고 할아버지만 남는다. 식사 시간이 된다. 할머니에게는 환자용 죽이 나오는데 보호자는 천원을 얹어 신청해야 공기밥이 나온다. 내막을 잘 모르는 할아버지는 자신의 밥을 따로 부탁한다. 오정애가 만류한다.

"할아버지, 여그서는 공기밥을 더 신청하지 않아도 되어요. 환자들이 밥을 적게 먹으니까 많이 남아요."

할아버지는 고개를 주억거린다. 오정애의 말이 무슨 뜻인지 알아들었는지는 알 수 없다. 저 백발의 할아버지에게 있어 그것이 중요한 게 아니니까. 하여튼 오정애는 참으로 오지랖 넓은 사람이다. 빠지는 데가 없다. 할아버지는, 부인 침대의 키 높이에 맞추느라 무릎 꿇고 강아지처럼 달라붙어, 할머니에게 정성껏 밥을 먹인다. 할머니가 국물을 흘리면 휴지로 닦아 준다. 무엇이 먹고 싶냐고도 묻는다. 짐작건대 70년은 함께 살았을 저 노인들. 마치 생을 다한 비둘기 한 쌍이 생명을 불어넣기 위해 구구거리는 모습처럼 보인다. 얼마나 아름다운 광경인가. 전문 간병인이나 며느리, 그리고 자식이 형식적으로 하는 간병에 비할까. 할머니는 참 행복한 사람이라는 생각이 든다. 할아버지는 할머니가 약을 삼키고 물을 마시는 것을 확인하고야 보조침대에서 일어선다. 오정애가 할아버지에게 밥공기를 내민다.

"할아버지, 밥 여기 있어요. 제 것인데 오늘 밥 생각이 없어 할아버지에게 드리는 거예요. 손 대지 않았으니 아무 염려 말고 드셔요."

할아버지는 오정애의 밥공기를 받으며 활짝 웃는다.

"그맙소."

할아버지는 시장했던지 오정애가 건넨 밥공기를 싹싹 비운다. 오정애는 할아버지 옆에 다가가 할머니의 식판을 정리하며 말한다. 이 식판은 제가 갖다 놓을게 할아버지는 쉬세요. 할아버지는 연신 고맙다며 주억거린다. 그런데 오정애는 밥값을 챙기고 싶은 모양이다. 고질병이 도진다. 오정애는 밉지 않은 여인네다.

"저, 할아버지, 여그는 좋든 싫든, 거 뭐랄까, 자신의 인생 여로를 풀어놓아야 허는 자리인디, 할머니는 어려우시니 할아버지가 대신해 주시면 어떨까요?"

할아버지가 백치처럼 흐물흐물 웃는다.

"아, 그래요. 그럼, 내 이야기하리다."

할아버지는 회상에 잠기는지 잠시 눈을 감았다 뜬다. 객석의 나는 고양이처럼 쭈그리고 앉아 있는 할아버지의 입만 바라보고 있다. 다른 사람들도 마찬가지이다.

무대에서 할아버지의 모노드라마가 시작된다.

내 나이 올해로 88세여라우. 살 만큼 살았어요. 이 사람과 만난 지 꼭 70년이 되었소. 산 넘어 '새말'이라는 동네에 살던 열여덟 동갑내기하고 혼인하여 칠남매를 두었어요. 젊어서 소작농으로 시작하여 손톱이 자랄 새가 없이 일을 했지라우. 자식들 가르치느라 고생도 많이 했소.

헌디 나이 칠십 넘고, 자식들 지기덜 밥벌이해서 편히 살 만헝게 내자가 병이 나는 거요. 처음엔 관절염으로 제대로 걷지 못하더니만 나중에는 혈압에다 당뇨까지 왔다고 안 허요. 허허, 빌어먹을. 그래도 관절염 초기엔 그런대로 괜찮았지라우. 거기에 고혈압과 당뇨병 합병증이 생기면서 눈까지 안 보이는 거요.

나는 내자를 위해 할 수 있는 데까지 다해봤소. 아침 먹고 나면 손잡고 동네를 몇 바퀴 돌고, 잠자리에 들기 전 생 당근을 갈아서 먹였제라우. 당뇨나 혈압에 좋은 것이라면 돈을 아끼지 않았어라우. 마누라가 아무리 바보 멍충이 같아도 항꾸네 살아야 복이제, 늙어 혼자 가는 길 얼마나 외롭겠냐 싶더라고라우. 누구라도 출타했다가 집에 갈라치면 불 켜놓고 기다려주는 사람이 있어야 좋은 것 아니겄오. 그런 사람이 없다면 무슨 재미로 이 늙은 육신 건사허겄오.

그런디 바로 어저께였지라우. 저 사람이 바깥 출입을 못헝게 내가 주로 장을 봐온단 말이요. 비린내 맡은 지가 하도 오래되야서 장에 가서 동태라도 몇 마리 사와야겠다고 생각했어라우. 육류는 혈압이나 당뇨에 안 좋다고 헝게. 그런디 뒷간에 갈 때하고 나올 때하고 마음이 달라지디끼, 갈 적에는 저 사람

불편하지 않게 빨리 집에 와서 보살펴야지, 그런 마음으로 나가지요. 허나 장터에서 아는 사람들 만나다 보면 그게 잘 안 되지라우. 시간 가는 줄 모르고 술도 한잔씩 허고.

그날도 그랬지라우. 취흥이 도도해져 콧노래까지 흥얼거리며 보름달을 벗삼아 집에 갔지라우. 대문을 밀치고 집에 들어서니 캄캄헙디다. 가슴이 철렁 내려앉는 소리가 머리에서 들립디다. 불이 안 켜져 있으니 말이요. 잽싸게 방문을 열었지라우. 이 망구가 흔들의자에서 떨어져 신음하고 있더란 말입니다. 거기서 편하게 쉬고 잠도 잘 자던 사람이 말입니다. 할 수 없이 아들한테 연락해 병원으로 옮겼지라우. 와서 본게 고관절이 골절됐다고 안 허요. 허, 참말로 난감헙디다.

할아버지는 한동안 아무 말이 없다. 오늘의 연극은 이제 막이 내려지는 게 아닌가 싶었다. 오정애도 그것을 읽은 것 같다. 그냥 넘어갈 오정애가 아니다. 오정애는 할아버지를 바라보며 살짝 웃는다.

"할아버지는 할머니를 많이 사랑하시는가 보네요. 간병인도 두지 않고 직접 할머니를 돌보시겠다니 말이요."

할아버지는 고개를 끄덕인다.

"모두 내 손으로 허고 잪소. 기저귀꺼정도."

오정애는 연신 탄성을 지른다.

"할머니는 얼마나 행복하실까! 할머니는 얼마나 행복하실까!"

정작 할머니는 아무 표정이 없다. 할아버지의 말을 못 듣고 있는 게 분명하다. 오정애의 장난끼랄까, 심통이 발동한다.

"저, 그럼, 할머니를 그렇게 사랑하시는 할아버지는 바람은 한 번도 피우지 않았겠네요."

할아버지는 허공을 보면서 배시시 웃더니 할머니를 슬쩍 곁눈질한다. 할머니는 목석이 되어 있다. 할아버지는 잠시 회상에 잠기는 눈치다. 할아버지는 마음 놓고 떠벌인다.

"왜 안 피웠겠소. 많이 피웠지라우."

"음매나?"

오정애가 눈을 크게 뜨고 묻는다.

"한 동네 사람이요? 아니면 다른 동네 사람이요?"

할아버지는 다시 한번 할머니를 슬쩍 일별하고 말한다.

"한동네 사람허고 어떻게 그런다요. 애기들 체면이 있고, 마누라한테 들키면 시끄럽기도 헐 것이고."

오정애의 입이 벌어진다.

"그러면 지금도 바람을 피우세요?"

할아버지는 역시 할머니를 자세히 살피며 말한다.

"지금도 돈만 쓰면 얼마든지 있지라우."

오정애는 얼굴을 기묘하게 일그리고 웃는다.

"할아버지는 돈이 많아요?"

"은행에 얼마만큼은 있지라우. 거기다가 집과 논밭도 내 명의로 남겨두었소."

"그럼, 할머니 돌아가시면 내가 그 자리로 들어가면 어쩌까요?"

"아따, 씨끄랍소.."

할아버지는 벌컥 화를 낸다.

"이 사람 들으면 서운할라고. 아파서 오늘만 내일만 하는 사람 앞에 놓고."

오정애는 순간 무안한 낯빛이 된다. 참, 아버지, 어머니 같은 노인을 앞에 놓고. 오정애의 오지랖은 알아줘야 할 터이다. 할아버지는 눈을 한 번 질끈 감더니, 할머니의 주사액을 흔든다. 기저귀도 들추어 본다. 할아버지는 그렇게 밤을 꼬박세운다. 전형적인 애처가이다. 저 할아버지의 이야기는 사실일까. 그럴 수도 있을 터이다. 그동안 아내한테 속 썩인 죄가 미안해 저렇게 정성을 쏟고 있을지도 모른다.

직장과 집밖에 모르는 나의 남편이 잠시 뇌리에 떠오른다. 남편도 나 몰래 어떤 여자를 감추고 산 것은 아닐까. 남편이 화가 난 얼굴로 나를 노려보고 있다. 나는 자신을 향해 고개를 살랑살랑 흔든다. 그래, 모르고 사는 게 좋은 일이제. 세상사 모두 알면 재미 없어져. 병실로 할아버지의 아들이 보낸 간병인이 들어선다. 할아버지는 병실을 나가며 몇 번이고 할머니를 돌아본다. 무대에는 잠시 적막감이 맴돈다.

다음 날 아침이다. 할아버지는 60대의 거쿨진 아들을 앞세우고 들어온다. 할머니는 아직까지도 눈을 감고 있다. 할머니는 남편과 아들이 반복해 불러보지만 미동도 없다. 아들이 아버지를 바라본다. 아버지, 저녁에 다시 옵시다. 언제까지나 이렇게 어머니가 잠에서 깨어나기를 기다릴 수는 없잖아요. 지금 바로 출근해야 되는데. 할아버지는 주위를 둘러보며 묻지도 않은 말을 한다.

"야는 중학교 교장이여라우."

교장은 주위를 둘러보며 고개를 숙여 보인다. 그리고 할아버지의 팔을 잡아 병실 입구로 끈다. 그때다. 간병인이 참견한다.

할머니는 어제 저녁 때 나온 죽도 얼마간 들었어라우. 허지만 이렇게 연로한 분들의 앞일은 모르지라우. 할머니를 깨워서 손이라도 한번 잡아보고 가시씨요. 잠이야 언제든 졸리면 다시 잘 수 있는 일잉게. 아들은 돌아보며 아버지를 향해 말한다. 그럴까요. 할아버지는 발길을 돌려 할머니에게 다가가 몸을 잡아 흔든다.

한참을 그렇게 했지만 할머니는 아무 기척이 없다. 얼마 후, 할머니는 눈을 뜨자마자 갑자기 혼수상태로 들어간다. 할아버지는 서둘러 간호사를 부른다. 간호사들과 의사가 득달같이 들이닥친다. 한 간호사가 할머니의 얼굴에 산소호흡기를 댄다. 아들은 간호사의 손을 밀어내며 태연하게 말한다. 생명연장을 위한 시술은 싫습니다. 사실 만큼 사신 분입니다. 할아버지는 똥 마려운 강아지마냥 좌불안석이다.

"새말떡! 새말떡! 어이구, 눈 좀 떠보란 마시!"

할아버지의 절규에 가까운 목소리는 잠시 무대에서 맴돌다 사라진다. 교장은 양손을 바지 주머니에 찌른 채 아무 말 없이 창밖에 시선을 꽂고 있다. 의사가 큰 목소리로 선언한다.

"안 되겠습니다. 중환자실로 옮겨야 되겠습니다."

할머니를 실은 침대는 간호사들 속에 파묻혀 무대에서 사라진다. 병실은 이가 빠진 것처럼 휑하다. 어딘지 허전하다. 오정애가 혼잣말로 중얼거린다.

"아이고, 어쩐디야. 할아버지가 우리에게 털어놓은 비밀을 할머니가 알아듣고 저러는가벼. 게다가 할머니 돌아가시면 내가 그 자리로 들어간다는 농담꺼정했으니. 할머니는 할아버지가 야속해 저렇게 서둘러 이승을 하직하려는 것은 아닐까."

내가 말했다.

"중환자실에 찾아가서 할머니가 운명하기 전에 빌어야제."

오정애는 나를 보며 말한다.

"사람은 죽어서도 청력과 시력이 얼마간 살아있다네요. 보고 싶은 사람이 있으면 눈을 감지 못하고 기다린다잖아요. 그랬다가 당사자가 나타나 눈을 감으라 말하며 쓰다듬으면 눈을 감는대요."

오정에는 진심을 말하고 있다. 표정이 그렇다. 괜히 해보는 소리는 아닌 것 같다. 역시 괜찮은 오정애다. 나는 오정애를 향해 고개를 끄덕거려 준다. 오정애는 슬며시 일어나 중환자실로 향한다. 객석은 딸그막과 나만 남는다. 외롭다는 생각이 든다. 많은 사람들 속에 이방인처럼 파묻혀 살아온 내 삶 자체가 그렇다. 아무런 열정 없이 평범하면서도 안락하게 살아온 내 삶이 파노라마처럼 흘러간다. 가슴에서 뜨거운 무엇이 울컥 치밀어 오른다.

　나는 무대의 여기저기를 둘러보다 딸그막에게로 시선을 돌린다. 딸그막은 단연 이 연극의 주인공이다. 그만큼 관심을 끄는 인물이다.

　그때 딸그막의 장남 마원평이 다시 들어온다. 이번에는 자식들과 함께 등장한다. 딸그막의 병세는 나날이 호전되고 있다. 소변에 섞여 나오던 피오줌은 맑은 물로 변한다. 하루에 서너 번씩 보던 대변도 정상으로 돌아온다. 인공관절이 삽입된 다리는 자력으로 충분히 들어 올릴 수 있다.

　마원평이 어머니의 다리를 치켜 올리며 말한다. 어머니, 다리 운동을 많이 하셔야 합니다. 그래야 걸어서, 집으로 갑니다. 딸그막은 그동안 걸어서 집에 간다는 희망이 있었기에 그렇게 열심히 운동을 한 모양이다. 잠을 자다가도 으쌰-!, 으쌰-!, 하며 다리를 허공에 뻗곤 했다. 할머니는 손주들이 오니 기운이 더 나는 모양이다. 얼굴 가득 환한 미소를 담고 연신 다리를 쳐들며 말한다.

　"느그들 잘 있었냐? 공부들 잘허고? 에미도 잘 있냐?"

손주들은 모두 고개를 끄덕이며 할머니의 몸을 주무른다. 할머니는 손주들의 머리와 어깨를 쓰다듬으며 입가에 흡족한 미소를 담는다. 사랑이 있으면 불치의 병도 녹아내린다 했던가. 저네들의 정성과 사랑으로 할머니의 왔다갔다하는 정신이 바로 돌아온 것만 같다. 몸도 완쾌되고. 저게 바로 사람 사는 모습 아닐까.

딸그막은 앉는 연습을 계속하더니 어쩔 때는 홀로 일어서기도 한다. 그러다 보조기를 밀고 화장실에도 간다. 이제 스스로 거동할 수 있게 된다. 마원평은 객석을 바라보며 수일 내로 어머니를 퇴원시키겠다고 한다. 집으로 모시면 가정의 평화가 깨질 것 같아 요양원으로 모셨다는 딸그막. 이제 과연 어디로 가야 할 것인가. 객석의 관중들은 자기일처럼 심란해진다.

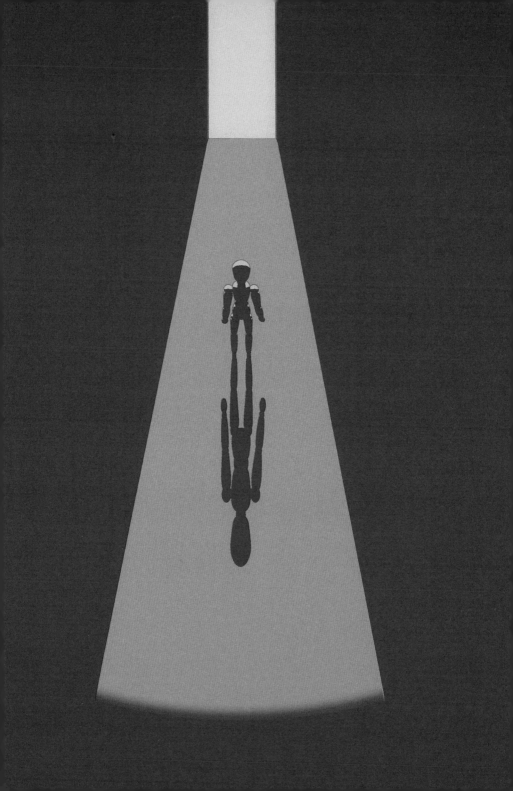

死者와의 對話

　오늘은 하도 답답하여 이렇게 당신 영정 앞에 앉았어요. 당신은 아직도 환한 미소를 지으며 나를 바라보고 있네요. 벽에서 말이에요.

　오늘 막내가 선을 보았지요. 헌데 나한테 뭐랬는지 알아요. "엄마, 이번에도 꽝이야. 내 타입이 아닌 걸 어떡해, 미안……. 하지만, 그 사람 앞에서 싸가지없는 행동은 전혀 안 했어. 그러니까 엄마는 아무 걱정 하지 마. 나를 소개한 사람한테 엄마가 미안해할 일은 전혀 없으니 안심해. 이제 보고는 다 했으니까, 거기에 대해서는 더 이상 언급하지 않기로오.

나, 피곤해 그만 잘래."

아, 글쎄 그렇게 말하고 전화를 탁, 끊는 게 아니겠어요.

당신이 있었으면 다리몽둥이가 부러질 이야기지요. 그리고 꽝이라니요? 결혼이 무슨 복권이우. 사람 하나 만나기가 얼마나 어려운데, 무 자르듯 그렇게 싹둑 잘라버릴 게 뭐유. 당신도 알다시피 이 문제의 딸은 벌써 서른여덟이나 됐어요. 당신이 세상을 바꾼 뒤 막내는 우리가 사는 곳의 지방 국립대학을 졸업하고 서울로 취직을 했지요. 알 만한 사람은 다 아는 백화점입니다. 판매원이 아니라, 당당한 사무원이죠. 딸에게 얼마나 감사하던지요. 어려운 취직난을 무사히 뚫고 우뚝 서는 모습이 대견했어요. 탄탄대로라 생각했지요. 녀석의 앞에는 아무 장애물이 없을 거라 굳게 믿었습니다. 당신 없이 나 혼자 조바심 태우며 키운 딸이 정말 자랑스러웠습니다.

우리끼리의 이야기이지만 막내가 어디 빠진 데도 없지 않아요. 훤칠한 키에 하늘거리는 몸매, 인형처럼 예쁜 동안은 십년은 좋이 어려보이지요. 토실한 뺨에 웃으면 볼우물이 살짝 파여 사내 애간장을 충분히 녹일 만한 미모가 아니겠어요. 그것뿐인가요. 정은 또 얼마나 많은데요. 어미의 가려운 곳을 찾아 구석구석 긁어주니 하는 말입니다.

철이 바뀌면 수시로 장롱을 점검해 필요한 옷을 사다가 걸어 놓기도 하고, 화장품이 떨어졌다 싶으면 화장품을 보내주고, 안경 맞춘 지가 오래된 것 같으면 안경집으로 끌고 가서 안경 걸어주고, 얼마나 착한 딸이에요.

내가 생각하건대 필시 시어머니에게도 그럴 것입니다. 그런데 제 짝을 찾아내지 못하고 있네요. 그것이 내 가슴에 못을 박아놓은 것이 아니겠습니까. 그래서 오늘도 딸과 신경전을 벌여야 했습니다. 지상전, 공중전, 진흙탕전, 막내와 그렇게 싸우다 보니 만신창이가 돼 있는 꼴이랍니다. 올해도 벌써 반을 넘기고 말았네요. 이러다가는 막내의 짝은 영영, 못 찾고 마는 게 아닐까 걱정이 듭니다. 막내를 생각하면 자다가도 벌떡 일어나 지끈거리는 머리를 싸매곤 한답니다.

여보, 며칠 전이었어요. 딸을 어디에 묶을까 고민에 고민을 거듭하던 중 한 신문 광고가 눈에 번쩍 뜨였지요. 결혼정보회사의 광고였어요. 문구대로라면 금방 짝을 구해 줄 것 같았답니다. 당장 전화기의 번호판을 눌렀지요. 여직원이 툭, 튀어나 왔습니다. 나는 불문곡직하고 막내의 약점부터 밝혔지요. 그래야 대화가 빨리 진행될 것 같아서요.

"제 딸이 서른여덟인데요……."

여직원의 목소리 톤이 약간 주저앉았어요. 예, 반갑습니다. 전화 잘하셨습니다. 우선 따님의 인적 사항부터 말씀해 주시지요. 나는 무엇인가 켕기는 것이 있었습니다.

"그것을 말씀드리기 전 한 가지 질문이 있는데요."

여직원의 낭랑한 목소리가 귓가를 간지럽혔습니다.

"예, 말씀하세요."

"이런 곳에 신청해 놓으면 만나는 자리에 임시로 고용한 사람을 보내는 수가 있다고 하던데요."

"그건 결혼상담소에서나 하는 짓입니다. 여기는 정보회사기 때문에 일 자체가 질적으로 다릅니다. 법적인 보호도 받을 수 있고요, 소비자와의 약속 불이행 시에는 그에 상응하는 환급도 되니까, 그 점에 대해서는 염려 안 하셔도 됩니다."

결혼상담소와 결혼정보회사가 다르다는 것을 처음 알았지요. 아무튼 기왕에 막내의 결혼문제에 대한 이야기가 시작되었으니 무엇인가 더 알아보고 싶었습니다. 나는 세세히 질문했어요. 성혼율은 얼마인가. 회원가입비는 얼마나 되는가. 성사가 되면 사례금은 어느 정도 되는지 등을 기총소사라도 하듯 빠르게 물었죠. 여직원은 마치 준비라도 했다는 듯 나처럼 재빨리 답변을 하더군요.

회비가 가장 적은 회원으로 가입하려면 일백팔만 원인데, 이런 경우는 집안과 직업을 따지지 않고 본인들끼리 마음만 맞으면 결혼하겠다는 자들이라 했어요.

등급이 가장 높은 경우에는 회비가 엄청났지요. 게다가 아무나 회원이 될 수 있는 것도 아니었습니다. 본인과 부모의 재력과 학력이 잘 갖추어진 사람들이라는 거지요. 누구의 경우든 일단 접수할 때는 4등급으로 분류한대요. 막내는 4등급이라고 하더군요. 나는 잠시 혼란이 일었어요. 사람을 짐승이나 무슨 물건처럼 등급별로 분류한다는 자체가. 결혼이 상거래도 아닌데 이 무슨 불경스러운 일이란 말인가. 인간이 할 짓이 아니구나, 그런 생각이 들더군요.

당신도 마찬가지의 생각일 것입니다. 물에 빠진 사람이 행여 지푸라기라도 떠 있나 싶어 전화를 해 본 건데 점입가경이었지요. 사람에게 왜 그렇게 등급을 메기냐고 볼멘소리를 던졌더니 피차에 원하는 사람을 맞추려면 다른 방법이 없다는 거였어요. 여직원이 끝으로 한마디 덧붙인 말은 서른여덟이면 곧 제취자리에 들어가니 빨리 가입을 하라는 친절한 충고였어요. 나는 울화통이 터졌지요.

"여보세요, 남의 귀한 자식을 놓고 그 무슨 불경스런 말입니까?"

장삿속이겠지만 그쪽에서는 끝까지 친절함을 붙잡고 있었지요. 그렇게 할 수밖에 없어 '죄송합니다' 하고요. 이게 무슨 일입니까. 내 사랑스럽고 귀여운 막내가 4등급의 노예나 짐승이 되다니요.

당신은 어떻게 생각해요. 서른여덟과 서른아홉은 비록 한 살 차이지만 어떻게 보면 엄청난 나이 차가 느껴지지 않아요. 당신도 그렇지요. 서른여덟은 곧바로 사십으로 연결이 되잖아요. 결혼정보회사 직원한테 쏘아붙이긴 했지만 그것은 나이 먹은 딸을 가진 어미의 자격지심이었나 봐요.

그래서입니다. 구관이 명관이라 했잖습니까. 그래도 그런 류의 방법이 가장 나을 것 같아 결혼상담소 등이 적힌 수첩을 다시 찾고 말았지요. 거기서 일명 뚜쟁이 여인네한테 알아보았습니다. 사람을 만나게 해주고 그때마다 돈을 받는 황 여사에요. 매번 오만 원의 수고비를 내는데 소위 사 자가 붙은 의사, 판사는 십만 원이래요. 결혼정보회사에 내놓는 돈보다 얼마나 실용적이고 저렴하며 뒤끝 없는 거래인가요.

황 여사한테는 몇 년 전 막내 때문에 전화를 한 적이 있었지요. 황 여사는 나를 기억하지 못하더군요. 상관할 바는 아니었지요. 나는 다짜고짜 말했어요. 우리 딸 좋은 신랑감 좀 찾아주세요. 올해 꼭 결혼을 시키고 싶습니다.

황 여사의 기름기 있는 느긋한 목소리가 수화기를 타고 넘어왔어요. 딸 이름이 뭐죠? 나는 빠르게 답했죠. 장미정입니다. 미정의 언니는 의사이고, 오빠는 고시에 합격해 검사를 하다가 변호사로 있고요. 황 여사가 묻지도 않았는데 평소에는 끼워 넣지도 않던 언니와 오빠까지 덤으로 얹어주면서 목소리가 간곡해졌어요.

그런데 전화를 끊고 나니 찜찜한 기분이 들더라고요. '내가 무슨 모자란 자식을 남에게 떠넘기려는 것도 아닌데 이렇게까지 고개 숙일 필요가 있을까?' 그런 생각이 들어서요. 황 여사와는 부동산중개소에 내놓을 전셋집 소개해주는 것처럼, 전화번호를 주고받고 만남이 이루어지면 입금시키는 것으로, 이 관계는 끝이 난답니다.

혼기를 앞에 둔 부모가 이런 방법을 택할 수밖에 없는 이유는 아는 사람에 한계가 있고, 친분으로 소개받아 성사되지 않으면 뒤끝이 찜찜하여서지요. 우선 나부터도 중매에 성공한 일이

한 번도 없기에 누구를 소개해주고 싶은 마음이 없습니다.

이렇게 어렵사리 사람 하나 구해 놓으면 막내는 마음을 열지 않으니 그것이 속 터지는 일이 아니겠어요. 자급자족도 못하는 주제에 세월만 다 흘려보내고 있으니 애간장이 녹을 일 아녜요. 야단도 쳤다 어르고 달래기를 얼마나 했는지. 손가락을 꼽아 세다가 잊어버렸네요. 당신이 곁에 있었다면 아마 손이 몇 번 막내의 얼굴로 날아갔을 거예요.

그래도 이 어미는 참고 또 참았지요.

"이번 한 번만 이 어미 체면을 봐서라도 나가 줘. 이번에도 틀어지면 이제 그만 할게."

이렇게 죄인인 양 막내 앞에 조아린 일이 수십 번이랍니다. 그럴 때마다 막내는 이 핑계 저 핑계를 대고 미꾸라지처럼 쏙쏙 빠져나가면서 속을 썩였지요. 나는 애걸복걸하였어요.

그러나 속수무책이었어요. 중매 시장에 나오는 사람은 다 마찬가지더라, 괜찮으면 누가 일찍 채 가버렸을 것이다. 무엇이 부족하든지, 조건이 좋지 않든지, 그런 사람들이 주로 중매 시장에 돌아다니는 모양이야. 몇을 봤지만 모두 실망만 했으니까 이제 그런 곳에서 소개받는 사람은 더 이상 만나지 않아도 된다. 뭐, 이런 이유를 대면서요.

나는 굽실거리며 막내를 떠밀다시피 만남의 장소에 내보내
곤 하였습니다. 이럴 때마다 진땀이 나 목을 타고 등줄기로
흘러내리는 것이 아니겠습니까. 어미를 이렇게 속 썩이다니.
망할 녀석. 막내는 그래도 양심은 있는지 어미인 내가 잘못해
서 나이가 들어버렸다고 투정은 못한답니다. 다 제 탓이라고
이실직고하지요. 그러니 어떡하겠어요. 또다시 막내의 신랑감
을 찾아 나설 수밖에.

이번에는 작전을 바꿨지요. 친구의 조카이니 믿고 만나보라
했더니, 과히 거부감 없이 받아들이기에 애써 한 말 귀양 보내
지 않은 것만도 얼마나 다행인가 싶어 가슴을 쓸어내렸지요.
허허, 내, 원, 참.

영정사진도 살아있는 것 같군요. 당신의 표정이 많이 흐려
졌어요. 아, 내 마음의 감정이 이입되어서 그렇다고요. 아무튼
몇 년 동안 정말이지 딸하고 무던히도 싸웠어요. 이번에는 꼭
결딴을 내야지 벼르고 있는데, 막내한테서 전화가 왔어요. 막
내는 전화기에다 대고 신랑감이 마음에 들지 않는다고 투덜대
지 뭐예요. 나는 이성을 잃고 욕을 해댔어요. 당장 쫓아가서
머리끄댕이를 잡거나 귀싸대기를 올리지 않은 것만도 다행이

지요. 나는 한참 동안의 욕지거리 끝에 사족처럼 붙였지요.

"내가 언제까지 너의 종노릇을 해야 되냐?"

막내는 거기까지는 잠자코 듣고만 있었지요. 나는 쏘아붙였죠.

"너처럼 싸기지없는 가시내는 이 세상에 둘도 없을 것이다."

막내도 열발이 머리 꼭대기로 오르는 모양이었습니다.

"엄니, 걱정 마. 이것은 순전히 내 문제라고. 엄니가 시집가는 거야. 엄니가 신랑감을 찾는 거냐고. 왜 나를 엄니의 말뚝에다가 묶어놓느냐고."

나는 악을 썼어요.

"지금 너 직장 다니니 혼자서도 살 만한 모양인데 여자 정년이 몇 살이냐. 너도 곧 직장에서 쫓겨난다고. 멀쩡한 남자도 정리해고다 뭐다 야단인 판에. 여자는 결혼해 아이를 낳아 봐야 인생이 뭣인지를 아는 거야. 혼자 중뿔나게 잘났다고 까불다가 인생 말년에 비참해져."

딸이 막바로 받았어요.

"지금이 일제 때야, 6.25 뒤끝이야. 먹고사는 문제를 해결하기 위해서 결혼을 하다니. 게다가 내가 무슨 종마라도 되는거야. 새끼나 낳기 위해서 혼인을 하다니."

이렇게 막내와 장군멍군을 한참 치다가, 나는 전화기를 방바닥에 내동댕이치고 말았지요. 그러면 며칠이고 서로 전화 한번 없는 냉전으로 이어지지요.

그래도 어떡해요. 내 딸인데. 게다가 가만히 생각해보니 마음에 들지 않은 사람과 억지 결혼을 했다가 이혼하는 것보다 차라리 혼자 사는 게 낫겠다는 생각도 들더라고요. 하여, 딸에게 반성문을 써 보내 마음을 돌리려 노력하곤 했지요. 참, 못말리는 주책없는 어미지요. 여보, 그렇지요? 아, 당신은 그렇다고 고개를 끄덕이는군요. 헌데, 이 문제를 어떻게 해결해야 되나요?

여보, 당신에게 제 속마음을 말할게요. 사실은 막내가 내 자식만 아니었다면 결혼하지 않고 원하는 일 하면서 자유롭게 살라고 권하고 싶은 마음도 있었어요. 그러다 소스라치게 놀라곤 했지요. 그 대상이 바로 내 딸이니까요. 모두 내 책임이 아니겠어요. 볼일 보고 밑을 씻지 않은 기분이지 뭐예요.

딸을 내 자궁으로 퍼질러 내놓고 어미로서 할 일을 못했다는 자책이 들지 뭡니까. 결혼은 부모의 책임이라고 늘 생각해 온 터인데 말입니다.

요즘 우스갯소리가 있대요. 자녀의 수능 점수를 물으면 10년 징역이고, 어느 대학을 지원했느냐 물으면 15년 징역이고, 자녀의 결혼 여부를 묻는 사람에게는 20년 징역형을 때린다나요. 자녀의 결혼문제가 얼마나 심각하면 그런 농담까지 저잣거리에 돌아다니겠어요.

언젠가 막내가 이런 말을 한 적이 있었지요.

"엄마, 나 결혼하지 않고 아기만 가지면 안 될까?"

나는 펄쩍 뛰었지요. 마음에 맞는 사람 만나 가정 이루고 가시버시 살다 가는 것이 여자로서 제일 행복한 삶이야. 서로 늙어가는 것을 아쉬워하며 등 긁어줄 사람이 필요한 거야. 그래서 인류는 결혼이란 장치를 발견해낸 것이지. 막내는 입을 비죽 내밀더니 아무 말 없이 일어나 내 방을 나갔지요. 나는 그때 등을 돌리고 앉아 버렸어요.

사실 예전에는 결혼이 얼마나 간단명료했어요. 부모나 집안 어른들이 사람 하나 구해 놓고 이런 사람 있으니 결혼해라, 그러면 자녀들이 따라야 할 법이었지요. 자녀가 그것을 이행하지 않으면 불효자식이라 세간의 매도 대상이 되었어요. 자녀들은 꼼짝없이 받아들일 수밖에 없었지요. 그러고도 얼마나 잘 살았어요.

여보, 세상 참 많이도 변했지요? 답답한 가슴 끌어안고 사위를 둘러보니 적막강산이네요. 이럴 때 당신이 내 곁에 있다면 얼마나 의지가 되겠어요. 딸에게 이것을 말해주고 싶네요. 그래서 결혼이란 꼭 필요한 것이라고. 어떻게든 막내에게 혼사의 끈을 대주고 싶었어요. 그래서 뚜쟁이 황 여사를 직접 만나보고 싶었지요. 거기에 무슨 해답이 있을 것만 같아서.

찻집에서 황 여사를 처음 만났지요. 풍부한 살집에 얼굴에서부터 어딘지 천박한 속물 냄새가 폴폴 풍기더라고요. 황 여사는 신랑감 소개에 대해 이것저것 떠벌였어요. 사람 등급 매기는 것은 뚜쟁이건 정보 회사건 다를 것이 없었지요. 오히려 뚜쟁이가 한 수 위였어요. 1등급 '사' 자가 붙은 직업을 가진 사람은 십만 원이고, 나머지는 모두 오만 원이래요. 분류는 두 등급으로 간단하지만 소개해 주는 비용은 백 퍼센트 더 받아요. 게다가 뚜쟁이의 소개도 의심이 가기는 마찬가지였어요. 일면식도 없는 사람들의 만남이니까 대타를 내보낼 수도 있잖아요. 그러나 물에 빠져 허우적거리다 마지막으로 잡는 지푸라기 아니우. 그래도 사람을 만나려면 이 방법밖에 없으니 뚜쟁이를 믿어야지요. 하여, 내 감정은 철저히 묻어두기로 했어요.

황 여사는 장황한 설명을 마친 다음, 마치 팔 물건을 꽤 많이 가지고 있는 장사꾼처럼 말하더라고요. 우선 좋은 조건의 신랑감 두 사람이 있으니 만나보라고요. 황 여사는 사진을 보여 줬어요. 생긴 게 별로였지요. 내 눈치를 살피던 황 여사가 목소리를 높였어요. 하나는 의사이고 다른 사람은 대기업 회사원이라고요. 이런 기회 놓치면 평생을 두고 후회할 거라는 사족을 달았지요.

나는 황 여사를 믿기로 했어요. 이 상황에서 별 뾰족 수가 없지 않겠어요. 나는 속으로 중얼거렸어요. 역시, 언니와 오빠를 끼워 넣기 잘했어. 그러면서 내가 신랑감을 만나는 것처럼 가슴이 설레더라고요. 사십여 년 전 당신을 만나기로 약속한 때보다는 못했지만요. 이번에는 어떻게든 성사시켜야겠다고 별렀지요. 그때, 허공 저편에서 딸년이 혀를 빼물고 메롱, 하는 모습이 보이더라고요. 빌어먹을 지지배.

나는 황 여사에게 물었어요. 의사는 다른 조건을 붙이지 않던가요. 황 여사는 얼굴 가득 넉넉한 웃음을 지었어요. 사람 하나만 본다고 했어요. 나는 황송했지요.

"어이고, 감사합니다. 이런 좋은 신랑감을 소개시켜 줘서."

황 여사는 말했어요.

"딸에게 일러요. 항상 자신을 낮추라고. 상대방은 명색 의사 아닙니까."

황 여사는 막내가 괜스레 콧대만 높아서 아직까지 시집을 못 간 것으로 매도하는 거지 뭡니까. 속이 부글거리더군요. 하지만 참았죠. 전혀 틀린 말은 아니니까요. 나는 머리를 조아렸지요.

"예, 잘 알겠습니다."

막둥이 시집보내느니 차라리 내가 가고 만다, 그런 속담이 떠오르더라고요. 내가 차라리 시집간다면 이번만큼은 어떻게든 성사시키고 말 텐데 말예요. 아, 당신 인상이 찌푸려지네요. 그저, 그렇다는 말이예요. 내가 어떻게 당신을 버리고 다른 남정네에게 시집갈 수가 있겠어요.

황 여사와 헤어지고 곧바로 막내 전화번호를 힘주어 꾹꾹 눌렀어요. 막내의 예의 그 신경질적인 목소리가 튀어나왔지요. 나는 다짜고짜 말했어요.

"미정아, 어렵사리 구한 신랑감이다. 직업이 의사야. 전화가 오면 꼭 만나야 한다. 알았냐?"

"예, 알았슈."

막내는 전화를 딱 끊어 버리는 거예요. 나는 속이 타는데.

고생했다는 말 한 마디 없이. 도대체 그 애는 누구를 닮았대요.

막내한테 신랑감 만날 날짜가 잡혔다는 연락이 왔어요. 나는 가슴을 졸이며 기다렸지요.

드디어 그날이 왔어요. 막내가 어떻게 하고 나갈지 궁금했지요. 옷은 예비신부로서 적절할지. 화장으로 가늘게 그어진 주름은 감출 것인지. 신랑감 앞에서 조심성 있게 행동할 것인지. 상대방에게 불쾌한 언행은 안 할 것인지, 불안스럽기 한이 없더군요. 그러나 전화는 삼갔어요. 막내의 심기를 불편하게 하면 역효과를 낼 것 같아서. 깨어지기 쉬운 유리그릇을 다루는 것처럼 조심스럽더라고요.

언젠가 이런 일도 있었어요. 막내에게 선을 보라고 했더니 찢어진 청바지를 입고 나갔지 뭐예요. 나는 화가 머리 꼭대기로 올랐지요. 그래서 소리를 질렀지요. 그럴 바엔 차라리 만나지나 말 것이지. 내 체면은 뭐가 되냐. 절친한 동창이 소개한 것인데. 막내는 볼이 부어 말하더군요. 솔직히 말해, 엄마의 성화에 못 이겨 나간 것이야. 차라리 깨지기를 바랐지. 나는 어이가 없어 대꾸도 못하고 하늘을 보았어요. 잠포록한 하늘은 구름이 두텁게 내려앉아 있더라고요. 내 마음처럼.

하루는 잠자리에 같이 누워 막내를 달랬어요.

"그럼, 네가 원하는 신랑감은 어떤 사람이냐?"

막내가 처음으로 털어놓더군요. 친구 지영이의 신랑은 서울대 출신이고, 현정이는 의사와 살고, 또 누구누구는 판검사와 살고, 갈수록 태산이었어요. 그 끝에 토를 달더라고요. 도대체 내가 그녀들보다 무엇이 부족하냐고. 나는 반박을 했지요. 네 친구들은 모두 심혈을 기우려 열심히 연애질을 하였잖냐. 너는 연애도 할 줄 모르는 주제에 가만히 앉아 백마 탄 왕자가 나타나 주기만을 기다린 죄다. 막내는 성질을 내더군요.

"엄마, 이제 아무도 만나지 않을 거야. 더 이상 소개하지 마."

막내는 방문을 박차고 나갔어요.

그거였어요. 막내는 그래서 어중간한 신랑자리는 일부러 피한 거였지요. 이번에는 의사이기 때문에 순순히 따른 것이에요. 난들 왜 비까번쩍한 사윗감을 얻고 싶지 않겠어요. 나는 속으로 다짐했지요. 이번만큼은 특별히 문제될 사유만 발견되지 않으면 꼭 사위로 붙잡아 매겠다고요. 막내가 이 해를 넘기면 재취자리에 들어간다는 그 공포의 나이 아니우. 더 이상 두고 바라만 볼 상황이 아니었지요.

황 여사의 직업의식은 투철했어요. 전화로 좋은 일이 있기를 바란다면서, 입금할 통장의 계좌번호를 알려주더군요. 나는 득달같이 십만 원을 입금시켰지요.

그것으로 일단계의 거래는 끝이 났어요. 이 일의 뒤끝이 언제나 그랬듯 일단락되었어요. 막내에게서 전화가 왔어요. 심장이 쿵쾅거리더군요. 막내가 버럭 소리를 질렀어요.

"엄마, 이제 끼워팔기까지 하는 거야!"

풍선처럼 **빵빵**하게 부풀어 있는 나의 가슴에서 바람 빠지는 소리나 나더군요. 나는 간신히 말했어요.

"얘야, 끼워팔다니. 무슨 백화점 세일도 아니고."

막내의 소리가 더 높아졌어요.

"왜 나를 언니와 오빠에 끼워서 팔았냐고요? 내가 그렇게도 부끄러운 자식이었우?"

나는 얼더듬었어요.

"요즘 세상이 그렇단다. 아니, 예전부터 그랬다. 우선 신랑이나 신부의 가문부터 좋아야 하는 것 아니더냐. 이 역시 혼사에서 중요한 조건 중의 하나다. 그것을 내세웠을 뿐이다. 너는 이것을 이해해야 해. 그래, 다음 약속은 없었냐?"

"몰라요! 그쪽에서 날 별로로 생각하는 것 같았어요! 어휴,

자존심 상해."

　나는 막내의 말투를 흉내 내고 말았지요.

　"그럼, 이번에도 꽝이구나."

　결혼이 무슨 복권이우. 막내와 나는 소리 내어 웃고 말았지요. 그러면서 가슴 한편에선, 장대비가 쏟아지지 뭐예요.

　나는 혹시나 하는 생각에 며칠을 기다렸지요. 하지만 역시 나였죠. 막내에게 수시로 전화를 했죠. 막내는 신경질적으로 의사한테서는 아무 연락이 없었다는 거예요. 의사는 막내가 정말 별로였던 것은 아닐까. 아니, 그럴 리가 없어. 나이가 좀 들어서 그렇지 얼마나 예쁘고 착한 딸인데. 의사 저는, 연세가 안 들었는가. 딸보다 네 살이나 많으면서. 헌데, 그 나이까지 왜 장가를 안 들었을까. 혹시 무슨 결함이라도 있다는 말인가. 의사를 천직이라 믿고 생명 돌보는 일에만 전념해서일까. 내가 만난 의사들은 돈독이 잔뜩 오른 수전노들이던데. 아니, 사기꾼들에 가까웠는데. 그런데 이 의사는 다른 사람들과는 달리 아무 요구조건도 내놓지 않고, 사람만 바르면 된다고 하였지 않은가.

　나는 의사가 심지 곧고 바른 사람일 것만 같았지요. 정말 의사다운 의사를 만난 것이 아닌가 가슴이 설레이기까지 하였는데. 막내가 나이 많은 것은 처음서부터 알았을 테고, 도대체 의사는 막내의 무엇이 마음에 들지 않았다는 말인가.

막내가 한 말이 떠올랐어요. 키가 작고 오종종해 보인다고. 그래서 막내가 전에 대하던 신랑감들에게 했던 행동을 되풀이 하였다는 말인가. 밤이면 이런저런 생각에 잠을 이룰 수가 없었어요. 나는 의사 사위를 맞고 싶은 생각이 하늘을 찌르고 있었지요. 전화벨이 울리면 가슴도 덩달아 덜덜덜 떨리더군요. 혹여 황 여사한테 온 것이 아닌가 싶어서요. 흥부네 제비가 박씨를 물고 오듯 의사의 소식을 물고 오지 않을까. 그러나 일주일이 지나도 꿩 구워먹은 자리였어요.

참다못한 나는 황 여사에게 전화를 넣었지요. 황 여사는 마치 기다리고 있었다는 듯 다른 사람을 또 소개해 주겠다나요. 그렇다면 의사는 역시 꽝이란 말인가. 엄머, 또 막내의 어투를 흉내 냈네요.

요즘 제 심경이 이래요. 도시 갈피를 잡을 수가 없지요. 헌데, 전화를 하자마자 곧바로 다른 사람을 소개해주겠다? 황 여사에게 어딘지 속고 있는 것만 같았어요. 이번에는 분명 대타를 보낼 것만 같았지요. 나는 황 여사에게 물었죠.

"의사 신랑감은 우리 애가 마음에 들지 않는다고 말하던가
요?"

황 여사는 조금 더듬거리더군요.

"아니요, 조금 생각해보겠다고 했어요."

"그럼 기다려보지요."

"그럴래요? 나는 그 사이에 신랑감을 하나 더 보라는 의미였
는데, 따님의 나이도 나이이고."

황 여사는 어딘지 건수 올리는 데만 급급한 것 같았어요.
황 여사에 대한 신뢰감이 조금씩 무너져 내리더군요. 황 여사
는 역시 뚜쟁이였지요. 하지만 물에 빠진 내가 아니겠어요.
지푸라기라도 잡고 싶었지요. 나의 말투는 간절한 그것으로
바뀌고 있었어요.

"다른 사람은 후에 연결시켜 주기로 하고, 우선 의사의 전화
번호를 좀 가르쳐주지 않겠어요. 내가 의사와 직접 이야기를
해봐야겠어요. 딸은 영, 믿을 수가 없는 기지배라."

"그게 좋겠네요."

황 여사는 의사의 전화번호를 가르쳐주었지요. 나는 스스로
에게 마음을 다잡았어요. 이건 자존심의 문제가 아니야. 의사

가 어디 그렇게 호락호락한 혼처던가. 지금까지 의사도 몇 번 선을 보았지. 그들 부모는 많은 조건을 내세우며 자만심이 하늘을 찌르지 않던가. 헌데 이 의사는 사람 하나만 본다고 하였어. 그래, 괜찮은 사람이야. 매달릴만한 가치가 있지. 키가 작고 얼굴이 오종종해 보이면 어때. 아이 낳고 가시버시 어울려 살다 보면 정이 들고 사랑도 생기는 거 아니겠어. 부부란 외모만 바라보며 사는 사이는 아니니까.

나는 자신에게 최면을 걸었어요. 투지를 불태우기 위해. 그리고 생각했지요. 의사와 통화하려면 어떤 시간이 적당할까. 딸이 의사니까 내가 그들 상황을 얼마간은 알잖아요. 의사는 사람들을 많이 다뤄야 하는, 스트레스를 엄청 받는 직업이지요. 근무시간은 안 되고, 식사시간도 피해야지요. 저녁식사를 마치고 쉬는 시간이 좋겠다 싶더군요. 여덟 시 정도면 괜찮겠다 싶었지요.

나는 의사에게 전화를 걸기로 했지요. 전화를 들자마자 가슴에서 방망이 소리가 나지 뭐예요. 무슨 죄를 고백하는 심정만 같았지요. 나는 얼더듬었어요.

"저, 저, 장미정 엄마예요. 자, 잠깐 얘기 좀 해도 될까요?"

의사는 말했어요.

"지금 마지막 환자와 상담중이라서요."

"그럼, 오늘 몇 시쯤 시간을 낼 수 있겠어요?"

"오늘 열 시에 병원 일이 모두 끝납니다. 그때 안 되겠습니까?"

"너무 늦은 시간이 아닐까요?"

"저는 괜찮습니다만."

의사는 죄송하다는 말을 마치고 전화를 끊었지요. 의사는 예의가 바르고 깍듯한 말투였어요. 한 마디로 마음에 들었죠. 전화기를 내려놓고 안도의 숨을 쉬었어요. 역시 전화하기를 잘했다는 생각과 함께.

허공에서 막내가 눈을 하얗게 뜨고 나를 노려보더군요. 막내가 나의 이런 행동을 알면 팔짝 뛸 일이었으니까요. 누구도 모르게 이 일을 처리해야 했어요. 만약 성사되지 않을 경우를 대비해서. 모녀의 자존심이 걸린 문제니까요.

기다리는 시간이 더디 가더군요. 순간 막내가 잘 나가던 때의 일이 주마등처럼 뇌리로 흘러가더군요. 대학을 갓 졸업하고 직장에 나갈 때였지요. 저 좋다는 사람들이 아파트 앞에 차를 대기시켜 놓고 기다려도 얼굴 한 번 내밀지 않았지요. 선을 보고 만난 총각들이 온몸을 다 내던져 구걸하여도 눈

하나 깜짝 안 했어요. 그런데 어느 사이 세월이 이렇게 흘렀네요. 내년이면 제취자리 서른아홉이예요. 이제 직장도 그만 두어야 할 나이 아니우. 벌써부터 상사로부터 그런 압력을 받는 모양이에요. 그리고 사람은 서로 만나 기대고 살아야 한다고 해서, 사람 '人' 자가 아니우. 나 역시 조만간 당신 곁으로 갈 사람 아닌가요. 막내는 누구를 의지해서 살아가겠어요. 내가 저승으로 가면 그것을 알까. 막막하기 그지없네요. 여자는 아이를 낳아 봄으로써 인생이 무엇인지를 알고, 어떤 역경에 처해도 자라나는 아이를 보면서 살고 싶은 욕망이 생기는 것인데. 하여 옛날 구박받는 시집살이이도 너끈히 견뎌낼 수 있었던 것인데. 막내는 왜 그것을 모를까요. 내가 이 세상을 하직해야만 그런 것들을 뼈저리게 느낄 것만 같네요.

여보, 왜, 내 눈에서 이렇게 눈물이 흐르는 것일까요. 당신과 만나던 때가 생각납니다. 아참, 이제 의사와 약속시간이 다가오네요. 의사와 전화 연결을 해야지요.

나는 정확히 열 시에 맞춰 의사에게 전화를 넣기로 했어요. 조금 전보다 더 떨렸지요. 하고 싶은 말을 생각하려니 제대로 정리가 안 되더라고요. 전의를 가다듬었지요. 내 딸도 의사야.

의사가 뭐 별 건가. 남의 피고름, 그리고 똥이나 받아내는 직업이잖아. 인체에 대해 아는 것도 별로 없으면서, 무슨 신이라도 되는 양, 꼴값 떠는 인간들이지.

너희들과 접하면서 가끔 역겹다는 생각도 많이 해봤어. 돈을 많이 번다고? 요즘은 그렇지도 않아. 부도를 맞는 병원도 많지. 그리고 돈을 벌었으면 뭐해. 내가 아는 어느 치과 의사는 주식해서 알거지가 되어 자살했지. 정선 카지노에 갔다가 그런 의사도 있고. 돈이란 그런 거야. 돌고 돌아 돈이라 했잖아. 또한 돈이 없어야 비교적 인간적이 되는 거야.

나는 속으로 자신을 다독이며 투지를 불태웠어요. 그러며 전화기 숫자판을 눌렀지요. 신호음이 짧게 두 번 울렸어요. 의사의 카랑한 목소리가 튀어나왔지요.

"아, 여보세요. 아까 전화했던 장미정 엄마예요."

"예, 그렇지 않아도 전화를 기다리고 있었습니다. 감사합니다."

"아, 아니에요. 우리 딸에게 나쁜 인상만 받지 않았다면 한 번 더 만나서 서로의 좋은 점을 찾아보면 어떨까요? 내 딸과 만나는 날짜를 다시 정하지요."

"그럴까요?"

"우리 아이에게는 비밀이에요."

"왜지요?"

"내가 이런 전화한 것을 알면 팔짝 뛸 겁니다."

의사는 한동안 아무 말이 없었습니다. 그러더니 모든 것을 솔직히 털어놓더군요.

"저, 미정 씨 어머니가 너무 진지하여서 양심에 켕겨 말씀드립니다. 저는 의사가 아니라, 정신병원 요양보호삽니다. 보조 간호사마저도 하인 취급하는 그런 날품팔이 임시직이에요. 돈이 궁해 황 여사와 거래를 했던 것입니다. 이젠 이 짓도 그만둬야겠어요. 꼭 큰 죄를 짓는 것만 같아서. 특히 미정 씨 어머니 같은 분에게는……."

"아, 이럴 수가?"

나는 망치로 뒤통수를 맞은 기분이었지요. 한동안 전화기를 들고 있다가 아무 말 없이 내려놓았어요. 내 딸이 이런 형편없는 사기꾼들의 먹잇감이 되다니. 이제야 모두 내 잘못이란 것을 알았지요. 내가 너무 앞에 나서서 설치니 딸이 겁을 먹고 계속하여 뒤꽁무니를 뺐다는. 오늘은 서글프다는 생각이 몹시 들었어요. 그래서 입에 대지도 않던 술을 처음으로 마셨어요. 소주를 한 병이나. 아직까지 정신이 몽롱하네요. 그래서 이렇게 횡설수설하고 있는 거지요.

  사실을 말씀드릴게요. 밤이면 잠을 이룰 수가 없었지요. 의
사에게 불면증을 호소하여 수면제를 사 모으기 시작했어요.
이제 양이 꽤 되네요.

  오늘은 이것을 먹고 푹 자고 싶어요. 하지만 염려할 필요는
없어요. 치사량은 아니니까. 또 모르지요. 영영, 깨어나지 못할
수도. 나는 꿈속에서도 그리던 당신 곁으로 가겠지요. 막내는
어떻게 하고요? 내가 없어지면 제 힘으로 신랑감을 찾을 게
아니우. 그리고 막내는 저 때문에 내가 수면제 먹고 죽었다는
것을 알면, 마음 고쳐먹고 다른 의지할 사람을 찾을지도 모르
잖아요. 다름 아닌, 남편감을. 하면, 얼마나 좋겠어요. 꿩 먹고
알 먹고가 아녜요.

  잠깐만 기다려요. 주방에 가서 수면제를 먹고 올 테니까요.
자, 수면제를 복용하고 다시 왔어요. 졸음이 슬슬 나의 몸을
옥죄어 오는군요. 저 멀리서부터 40여 년 전 당신과 만나던
때가 서서히 흑백사진으로 다가오는군요.

  막내는 왜 나를 닮지 않았을까요. 그때 내가 적극적이지 않

았다면 당신과 인연이 되지 않았을지도 모른다는 생각이 듭니다. 당신과 처음 만나던 때를 회상하니 미소가 온몸으로 번지네요.

내 나이 스물하고도 셋이었죠. 꽃다운 나이 아녜요. 당신은 스물일곱의 중학교 교사였지요. 우리는 맞선이라는 것을 보았지요. 결혼을 전제로 한 만남은 처음이었어요. 대학도 축구 특기 장학생으로 선발되어 갔다는 당신은 훤칠한 키에 쌍꺼풀 진 서글서글한 눈매를 가졌지요. 한마디로 멋있었어요. 그리고 마음에 들었지요.

이제야 솔직히 밝히는 것이지만 당신을 보고 심장이 멎는 것 같았다니까요. 당신의 영정사진도 나이가 들어 찍어서 그렇지, 본바탕은 그때의 모습을 그대로 간직하고 있네요. 아무튼 우리의 첫 만남이었어요.

감미로운 샹송이 다방 안을 쓰다듬고 있었지요.

당신은 나에게 이름이 뭐냐고 물었어요. 나는 얼굴이 활활 달아오르고 가슴이 콩닥콩닥 뛰었지요. 얼더듬으며 겨우 내 이름을 밝히고 고개를 푹 숙이고 말았어요. 집에 돌아와 며칠 동안 밤잠을 설쳤지요. 언제쯤에나 다시 만나자는 연락이 올까. 그때는 정신을 바짝 차리고 말도 더듬지 않아야지. 하지만 한

달이 가고 두 달이 되어도 야속하게도 아무 연락이 없었어요.

　가슴이 타기 시작했죠. 수소문해 보니 사귀는 여자가 있었는데 어른들의 권유로 어쩔 수 없이 나왔다나요. 아, 그때의 실망감이란. 칼을 물고 땅바닥에 콱, 엎어지고 싶더라니까요. 여보, 솔직히 말해 봐요. 정말이었어요. 아니었죠. 나는 아직까지도 그렇게 믿고 있어요. 그게 사실이라면 시부모님이나 당신이 나를 받아들이지 않았을 거예요. 하여튼 당신을 내 남편으로 만들기로 작심했어요. 오기였는지 자존심이었는지 지금도 분간이 안 가네요.

　나는 당신의 시골 부모님을 찾아갔지요. 해가 질 무렵이었어요. 집 안으로 홀홀단신 쳐들어갔지요. 마당에는 추수를 막 끝내고 쌓아올린 짚벼늘이 지붕만큼 높았고, 담 높이보다 더 높은 둥근 나락통가리가 자리 잡고 있었어요. 집에는 당신 부모님과 형수, 그리고 조카들이 있더군요. 그네들은 갑자기 출현한 나를 보고 당황하는 빛이 역력했어요. 나 역시 가슴이 쿵쾅거렸지요. 무슨 용기로 여기까지 왔는지, 무엇을 어떻게 하겠다고 여기까지 찾아왔는지, 도시 떠오르지 않더군요. 머리가 하얗게 빈 것만 같았어요.

　나는 이를 악물고 단전에 힘을 모았어요. 그리고 여기까지 찾아오게 된 경위를 밝히며, 그렇게 잘생긴 아드님을 두신 부모님을 꼭 만나 뵙고 싶었다고 이야기하자, 분위기가 많이 호전되더라고요.

낯선 아가씨의 어줍잖은 인사와 사설을 듣고 너털웃음을 뿌리며 하얀 한복 차림의 아버님이 안방에서 대청마루를 지나 건넌방으로 가셨죠. 뭔가 좋은 일이 있을 것 같은 징조로 받아들여지더군요.

어느덧 밤이 되었어요. 집으로 돌아갈 수가 없었지요. 요즘처럼 교통이 편리하던 시절이 아니니까요. 초등학교에 다니는 조카들과 등잔불 밑에서 그림자놀이를 하고 책도 읽어주니 무척 좋아했지요. 어머니가 웃으며 나의 잠자리를 만들어주시더군요. 참으로 따뜻한 마음씨를 가진 분들이었어요. 나는 당신보다도 시부모님에게 더 반했는지도 몰라요.

그날 일을 계기로 나는 당신네의 셋째 며느리가 되었어요. 나의 노력으로 당신을 쟁취한 셈이지요. 그런데 막내는 왜 그럴까요. 참으로 답답하기 그지없네요. 다시 말하지만, 막내가 나를 닮았다면 얼마나 좋겠어요.

이제 눈꺼풀이 천근이네요. 당신이 나에게 손을 내미는군요. 나는 지금 당신 곁으로 다가가고 있습니다. 언제나 그리던 당

신 곁으로. 단 며칠만이라도 좋습니다. 아니, 영겁의 시간이어
도 괜찮습니다. 나는 언제나 당신 곁에 있고 싶었으니까요.
막내가 울면서 달려오는 모습이 눈에 잡히네요. 막내는 내 앞
에 무릎을 꿇고 비는군요. 잘못 했다고요. 망할 녀석, 진작 그
럴 것이지.

비밀

해안가 모텔에 짐을 풀었다. 청 너머에 달빛을 바라보며 우리는 나란히 자리에 누웠다. 차르륵차르륵 밀려오는 파도 소리가 정적을 깨운다.

참 호젓한 해변의 밤이네. 자네와 단둘이 여행을 와 밤하늘 별들의 이야기로 속살거려 주는 것 같은 해조음 속에서 정담을 나누리라는 것을 예전에는 생각이나 했겠는가. 그래도 자네가 먼저 이번 여행을 제안해 와서 남편한테 가볍게 양해를 얻을 수 있었고, 홀가분하게 집을 떠나오게 되었지. 자네가 아니었다면 나 혼자서는 이런 여행은 상상도 못했을 거야. 더구나 장소가 바다라서 더 좋아. 오늘같이 잔잔한 바다를 보면 엄마 품속처럼 편안해지는 기분이 들지.

어렵던 시절, 내 고향이 남쪽 바닷가라서 우리는 굶주림에 덜 시달렸다는 것을 다 커서야 깨달았지.

물이 빠지면 어머니는 갯벌에 나가 바지락도 줍고, 낙지도 건져올려 가족을 건사했지. 바다의 힘으로 우리가 이렇게 건강하게 자랐는지도 모른다는 생각이 드네. 그러고 보면 바다는 어머니 같다는 생각도 들 때가 있지. 아무튼 우리는 좀처럼 얻기 어려운 2박 3일의 휴가를 이곳 '증도' 추억으로 꽉 채워 살아가는데 오래오래 에너지로 삼세나.

자네처럼 여러모로 능력이 있는 친구가 내 옆에 있다는 것이 얼마나 감사하고, 살아가는 데 힘이 되는지 모른다네. 시사 문제, 역사, 상식, 컴퓨터까지 궁금한 점이 있어 물으면 자네는 다 해결해주는 해결사 아닌가. 더구나 글이라는 매개체로 이렇게 오랫동안 우정을 유지한다는 것이 보통 인연이겠는가. 자네야 나보다 지적으로도 모자람이 없고, 자식들도 다 잘 길렀고, 게다가 생활도 넉넉해서 무엇 하나 부족함이 없어 보이지만, 나는 가슴속에 응어리를 안고 사는 사람이네.

지금까지 자네한테 말하지 못한 아픈 사연이 있어. 아니 자네뿐만이 아니라 아직까지 친하게 지낸다는 그 누구한테도 비밀을 품고 살아서 항상 죄스런 마음으로 지내지. 그런데 말이야, 내가 이 말을 자네한테 토해버리고 나면, 말하기를 잘했다고 가슴앓이가 치유가 되려는지, 아니면 차라리 말하지 말고 그냥 지내는 건데 오히려 더 아픔만 커지고 친구만 잃어버리는 과오가 되지 않을까 싶어 후회를 할런지도 모르겠네. 왜냐하면 너 같은 사람은 이제부터 친구를 하지 않겠다고 자네가 떠나 버리면 어떡하나 하는 불안한 마음이 가슴 한구석에 도사리고 있어서이지. 그렇다고 끝까지 내 속마음을 자네한테 털어놓지 못하면 나는 또 오랫동안 죄책감에 시달릴 것이고 말이야.

"이 사람아, 자네와 내가 무엇이 다르다고 그렇게 말하는가. 무슨 얘기인데 그렇게 뜸을 들이는가 말이세. 궁금증으로 속 터지게 하지 말고 어서 얘기나 해봐. 내 마음을 자네가 다 아는 것은 아닐 테지만, 그렇다고 내가 그렇게 가벼운 사람이 아니라는 것도 자네가 잘 알고 있을 거야."

그래, 자네는 나하고 이십여 년간 친구로 지내면서 한 번도 나를 실망시킨 적이 없지. 입이 바짝 마르네. 우선 물이나 한 컵 마시고 얘기해야겠네. 이것은 자네한테 충격일 것이네. 그렇다고 자네를 속이고 싶어서 지금까지 비밀을 지켜온 것은 아니라는 나의 진심은 알아주라는 말이네.

  어느 날 외국 여행을 하기 위해 남편과 여권을 내러 갔었네. 구비 서류에는 인적 사항을 적게 되어 있더라고. 나에게는 생각만 해도 자존심이 상하고 서러움이 차오르는 것이 인적 사항이었지. 다른 것에야 그럴 일이 있을까만은 꼭 따라 다니는 학력란을 채워야 하는 것은 늘 두렵고 내가 제일 굴욕감을 느끼는 일 중의 하나였거든.
  착잡한 심정으로 신청서를 들여다보았네. 예외 없이 거기에도 최종 학력을 쓰라는 난이 유난히도 나를 노려보는 것 같았지. 차례차례 적어 가는 남편을 바라보았네. 본적, 현주소, 직업. 구체적으로 쓰고 있었지.
  남편은 대학을 다녔으니까 떳떳하게 ○○대학교 졸이라고 썼지. 신청서에 남편은 내 몫을 적기 시작했네. 학력을 쓸 차례가 되자 남편은 잠시 머뭇거리더라고. 나는 아무렇지도 않은 듯 말하려고 했지만 목이 잠겼네. "그냥 쓰세요." 했지만 목소리가 떨려서 나오더라고. 그러나 남편은 그 자리를 비워놓고 다른 칸을 메우기 시작했네. 그리고는 사진 두 장과 함께 제출을 했지.

그러나 담당 직원은 그냥 넘어가지 않았어. 마치 비밀을 캐내기라도 하려는 듯이, 학교는 어디 나왔냐고 묻더라고. 나는 더듬거리며 초등학교 나왔다 했더니, 직원은 자기 손으로 초등 졸이라 썼어. 나는 목을 가다듬고 용기를 내어 말했지. 안 쓰면 안 되는 거냐고. 직원은 그랬어. 신원조회가 나가기 때문에 할 수 없다 하면서, "왜요? 그때는 보통 초등학교만 나왔지 않아요." 하고 말하는 표정이 마치 나의 비밀을 알아버려서 시원하기라도 하다는 듯한 것처럼 보였지. 위로의 말인지 비아냥인지 가늠할 수 없는 여직원의 말이 귓전에 맴돌며 오랫동안 사라지지 않았네. 일을 마치고 집으로 돌아오는 나의 발걸음은 그날따라 무척 허전거렸지.

순간 몇 년 전 나이 80이던 옆집 할아버지를 도와드린 일이 떠오르더라고. 외국에 있는 아들 집에 가기 위해 여권을 내야 하는데 조금 도와 달라는 거야.

시청으로 모시고 갔지. 서류를 쓰면서 다른 칸은 다 메웠는데 학력란만은 비워 두고 접수를 하지 않았겠어. 담당 직원은 가차 없이 묻더라고. 학교는 어디 나오셨느냐고. 할아버지는 큰소리로 "핵교는 무슨 놈의 핵교!" 하셨어. 그 당당함에 깜짝 놀랐지. 나는 얼마를 살아야 학력 얘기에 저렇게 초연해질 수 있을까? 할아버지가 부럽기도 하고 존경스럽기도 했지. 교육을 못 받은 것이 커다란 죄나 지은 것처럼 학교 얘기만 나오면 기가 죽고, 학력이 탄로가 날까 봐 쫓기는 범죄인처럼 전전긍긍하는 생활이었지.

그런데 사회에서는 남의 아픔쯤은 아랑곳하지 않는다는 듯 왜 타인의 사생활을 파헤치는지 모르겠어. 마치 아픈 곳을 헤집어 놓고 구경하며 즐기는 것처럼.

자네도 잘 알고 있겠지만 그것은 아이들이 다니는 학교에서도 마찬가지였잖은가. 신학기만 되면 학교에서 보내는 '환경조사서'라는 것에 부모의 학력을 적게 돼 있었지. 교육을 많이 받은 부모는 떳떳이 그 난을 메우지만 아닌 부모들은 자식들 앞에서 남들처럼 못 배운 것을 얼마나 죄스러워하며 적어 주겠는가.

평소에도 그랬어. 단체로 어디라도 갔을 때, 무엇을 적어서 내라는 종이를 나누어주면 거기에도 학력을 쓰라는 난이 있을까 두려워 마음속으로 부들부들 떤 일이 한두 번이 아니었지. 이는 물론 주위 사람 눈에 띌까 봐서 더 그랬어. 남편의 학력을 쓰는 것은 애들한테도 자랑스러웠고 떳떳했지만, 내가 차지해야 할 그 한 줄 때문에 늘 남모르는 고민이고 고통이었다네.

그런데 언젠가부터 아이들의 머리를 혼돈케 하는 것이 있었지. 학년이 바뀔 때마다 적어 가는 그 조사서가 엄마가 써줄 때 하고 아빠가 적어 준 것이 다르다는 것을 안 거야. 그래서 하루는 아빠에게 묻는 것이었어. 엄마는 학교를 어디 나왔느냐고. 남편은 아내의 자존심을 세워주고 싶었는지, 아니면 자신의 체면 때문이었는지 "고등학교 나왔다고 해라." 그렇게 말해버리더라고. 나는 부정도 긍정도 못하고 속울음을 삼키고만 있었네.

차츰 학년이 올라가자 자연 그 환경조사서라는 것을 자기네들이 써 내버려 나중에는 엄마의 학력이 어떻게 올라 있는지 묻지도 못하고 모른 척 지냈네.

세월이 흘러 큰애의 대학 입학지원서를 쓰기 위해 학교를 찾았지. 담임선생은 생활기록부를 펼쳐놓고 나를 기다리고 있었어. 처음 보는 문서를 슬쩍 훔쳐보는 순간 나는 가슴이 철렁하고 내려앉았네. 얼굴에 불덩이라도 끼얹은 듯 화끈거리고 식은땀이 흘렀네. 본인 증명사진 밑에 쭉 채워진 글자 속에 부모의 학력란을 발견하고서였지.

아빠에게 확인한 증거로 엄마의 최종 학력은 고졸인 것으로 알고 지낸 모양인 거야. 나는 진학 상담은 뒷전이었네. 담임선생님은 여러 가지 의견을 내놓았지만 내 귀에는 한 마디도 들어오지 않고 느닷없이 바보가 된 것처럼 멍하니 먼산바라기만 하고 있었지. '이걸 어떻게 한단 말인가? 평생토록 보관이 되는 생활기록부에 엄마 학력을 허위로 기재하게 만들었으니……. 이제서야 담임한테 말해서 고칠 수도 없는 노릇 아닌가. 이 양심 없는 엄마 밑에서 자란 자식에게 어떻게 사죄를 해야 할 것인가. 그동안 제 친구들한테도 우리 엄마는 고졸이라고 자랑스럽게 얘기하면 그보다 학력이 낮은 엄마를 가진 아이들에게 상처를 주었을 것 아닌가.'

집에 돌아와서 남편에게도 자식들한테도 말을 못하고 끙끙 앓으며 며칠을 지냈네. 응시원서에도 그게 나와 있는지 어쩐지 차마 쳐다볼 수조차 없었네. 그러나 아무 일 없었다는 듯 아이는 무사히 제가 원하는 대학에 합격을 했네. 대학에도 환경조사서라는 것이 있는지 어쩐지 나는 물어보지도 못했지.

그 뒤로 몇 년이 흘렀네. 어느 날 중3이던 막내 아이와 같이 잠자리에 들면서 이런 저런 얘기 도중 우연히 사실을 털어놓게 되었어.

엄마도 중학교에 정말 가고 싶었다. 검정 바탕에 하얀 칼라가 유난히도 빛나는 그 교복이 얼마나 입어보고 싶었는지 몰라. 하지만 형제는 아홉이나 되는데 논 세 마지기가 전 재산인 가정 형편을 뻔히 알고 있어서 떼도 쓰지 못했지. 여자인 내가 도시로 진학을 한다는 것은 생각조차 할 수가 없었다.

하루는 어머니 심부름으로 새참을 머리에 이고 들로 나가는데 교복을 입은 친구가 가방을 들고 동네 초입에 들어서고 있었다. 마음 같아서는 머리에 인 함지박을 내동댕이치고 도망이라도 가고 싶었지만 그럴 수도 없는 형편이었다. 할 수 없이 그 친구와 마주치지 않으려고 살짝 길을 비켜 다리 밑에 숨었다. 그 친구가 지나갈 때까지 눈을 딱 감고 서 있었지. 그 친구는 나를 못 알아봤는지, 아니면 나를 위한 배려였는지 지금도 알 수가 없다.

너희들한테 지금껏 사실대로 말하지 못한 것 미안하다. 하지만 오빠가 고3 중요한 시기이니 아직은 말을 하지 말아 달라. 대학에 들어가고 나면 내가 말하겠다.

얘기가 계속되는 동안 막내는 아무 말이 없었네. 혹시 잠이 들었나 싶어 더듬어 보니 얼굴에는 물이 흥건히 묻어 있었네. 마치 슬픈 영화나 보고 있는 것처럼. 혼자서만 가슴앓이하던 것을 막내에게라도 사실대로 털어놓고는 무슨 고해성사나 해버린 것같이 한편으로는 후련하기도 했네. 그동안 나는 얼마나 큰 멍울을 가슴에 품고 괴로워했던가. 이 세상에서 가장 가까운 자식들에게마저 한스러움을 풀어내지 못하고 살았으니…….

보통 사람들이 나를 대하면 고등학교 정도는 나왔겠지 생각하는 것을 부정도 긍정도 하지 않고 그런 척 지내온 것이 죄라면 죄지. 나를 그렇게 보는 이유는 내가 서툴지만 토막글이라도 쓰고, 등단이랍시고 잡지에서 주는 신인상도 받고, 그것이 시간이 흐르다 보니까 남들이 그렇게 인식을 해 버린 것이지. 설마 저 사람이 초등학력 가지고 문학활동을 하리라고는 생각을 하지 않았던 것이겠지. 세월이 갈수록 양심이 가책을 받는 거야. 내 학력을 밝히지 않은 것이.

이제 글을 그만 써야겠다, 문학 모임도 그만 두어야겠다, 그렇게 마음은 먹지만 그게 한 번 들어온 길이라 그렇게 쉽게 포기가 안 되는 거야. 회원들 옆에 가면 자신도 모르게 한쪽으로 사리게 되고, 대화에 끼기도 어렵고 그렇더라고. 특히나 영어는 중학을 가야 배우는 것이었지 않은가. 나 혼자 책을 읽을 때는 상관할 바 아니지만 대화 중에 일상으로 쓰는 영어가 좀 많은가. 그럴 때는 못 알아들을 때가 부지기수였지. 그때마다 나는 속으로 그랬지. 이제는 내가 그만 두어야 할 때가 되었는가 보다. 엉겁결에 라디오네 신문에 글을 써서 채택이 되면 나는 문사라도 되는 양 학교면 다냐. 나 같은 사람이 진짜 실력 있는 사람이지 하고 속으로 뻐기기도 했었는데 깊이 들어가 보니 그게 아니더란 말이시.

그래서 하루는 선생으로 있는 막내동생을 만나 이제 글을 그만 써야겠다. 나 같은 사람은 첫째 영어를 몰라 얘기 층에 끼지도 못하고 사람 모인 곳에 가면 주눅이 들어서 말도 하기가 무섭더라.

"언니, 그렇지 않아. 언니는 학교는 안 다녔어도 글도 잘 쓰고, 책을 많이 읽어서 실력도 있는데 왜 언니답지 않은 그런 말을 하고 그래."

그래서 그랬지. 그 건 우물 안 개구리였다. 방송국에 투고해서 채택이 되면 라디오에서 발표를 하니까 나는 작가나 된 줄 알았다. 한 번 채택되니 겁도 없이 자꾸 쓰게 되고 잡지에도, 신문에도, 독자란이 있는 곳이면 덤비지 않은 곳이 없었다. 그러면 덜컥덜컥 낚싯줄에 고기 걸리듯이 걸리는 것을 내가 글을 잘 써서 그런 줄 알고 난 척을 했던 것이라고.

"그럼 언니가 주눅이 들었던 것을 쉽게 예로 들어봐."

"그런 경험을 한 것은 다 열거할 수는 없지만 며칠 전에도 그랬다."

회원들끼리 가는 문학기행에 참석했다. 승용차 세 대를 이용해 열세 명 나누어 탔지. 회원들은 만나면 깔깔대고 재미있어해. 항상 만남 자체가 들뜨고 즐거운 시간이었지. 차가 지나가면 차 이름이 뭔지, 어느 회사 것인지, 성능까지도 다 아는 거야. 그 차 이름은 모두 영어로 돼 있지 않더냐. 눈치로라도 알아낼 수 있는 것은 한계가 있더라. 그러지도 못한 나는 말 못하는 벙어리가 되어 버린다고 하소연을 했어.

"그럼 영어를 공부하면 아쉬운 대로 열등감에서 헤어나겠네."

"그렇지만 이제야 어떻게 영어를 공부하겠냐?"

"그 건 문제 될 것이 없어"

학원이 있으니까 몇 달만 학원을 다니면 어느 정도는 알게 되고, 그러면 혼자서도 할 수 있는 힘이 생긴다고 하더라고.

동생의 얘기를 듣고 용기를 냈어. 조심스럽게 학원 문을 두드리지 않았겠어. 영어가 필요한 사람이 나뿐인 줄 알았더니

나 같은 아줌마들뿐만 아니라 젊은 엄마들이 수두룩했어.

나는 위로가 되더라고. 나만 못 배운 게 아니라 젊은 사람들도 저렇게 많구나. 그래 넌지시 물어봤지. 젊은 분이 영어를 모를 리 없을 텐데 왜 학원을 다니느냐고. 내가 생각했던 것은 허상이었다네. 자기네들 교육 받은 것하고 발음도 방식도 달라 다시 배워 자녀들한테 가르치려고 왔다는 거야. 그래도 나는 힘을 얻었지. 다시 배우나 처음부터 배우나 그게 그거지 다르면 얼마나 다르겠는가 싶어진 거야.

영어를 알아가니 재미가 있었네. 새로운 세상에 들어온 것 같았어. 알파벳 기초부터 소문자 대문자 발음기호 등등 머리에 쏙쏙 들어오더라고. 사선지에 글자를 쓰며 자부심도 생겼네. 교육은 한 번 놓치면 끝인 줄 알았더니 피천득 님의 말처럼 나이 들어도 봄이 온다는 것을 실감했기에 얼마나 감사한 일인가.

일주일에 두 번씩 석 달째 배워 어느 정도 글자를 붙여 문장을 읽어갈 즈음이었지. 승강기에서 가끔씩 만나던 50대로 보이는 아주머니와 자판기 커피를 뽑아 마시며 이야기를 잠깐 나누게 되었네. 동병상련의 마음에서였을까. 그는 자신의 이야기를 솔직히 해주더라고. 학원에 오게 된 동기며 지금은 어떤 공부를 하고 있는지 등등.

영어를 배우면 간판이고 자동차 이름이고를 알아볼 수 있겠구나 싶어 시작했는데 다니다 보니 눈이 뜨이더라는 것이었지. 우리같이 못 배운 사람도 아직은 길이 얼마든지 열려 있다는 것을 알았다고 하지 않은가. 그때부터 영어 수업은 그만 두고 검정고시반에 등록을 했다 하더라고. 공부는 생각했던 것보다는 의외로 쉽더라는 거야. 필수 5개 과목에 선택한 과를 합해 총 6개 과목인데 과락은 없고, 평균 60점이 되면 통과한다 하더라고. 그 중에서 가정이 제일 쉽더라는 거야. 우리 일상에서 많이 접하던 것이라서. 수학에서는 처음 접해보는 방정식이 있어서 생소했고, 영어는 그나마 기초를 익혀놔서 그리 어렵지 않더라는 거야.

나는 그의 이야기에 빨려 들어갔네. 나의 길도 환하게 뚫려 있는 것이 보이는 것 같아서였지. 그는 6개월 공부하고 중학 졸업 자격을 땄다는 거였네. 이제는 고등학교 자격을 시험 보기 위해 공부를 시작한 지 3개월이 되었다고. 얘기만 들을 때는 말도 안 되는 소리라 생각했는데 중학 졸업 자격을 얻고 나자 세상을 얻은 기분이고 자신감이 생기더라는 거였어. 남들은 3년을 다니는데 어떻게 몇 달 배우고 그 자격을 얻느냐

하는 의구심이 있었는데 공부를 해 보니 진작에 알았더라면 하는 회한이 들더라는 것이었어. 고졸 자격을 따면 대학에 갈 것이라고 말하는 그의 눈은 무척 반짝였지.

나는 더 이상 누구하고 의논하고 자시고 할 시간이 없었지. 그날부로 등록을 했네. 등록금 일백사십팔만 원 내면 합격할 때까지 봐준다고 했네. 할부로도 된다는 말에 삼 개월 할부로 카드 결제를 했지.

영수증을 들고 집으로 돌아오면서 생각하니 겁도 나더라고. 요즘 영어 배우면서는 일주일에 두 번 나가서 두 시간씩 하기에 주위 사람은 물론 친한 친구도 모르게 다녔는데, 이건 하루 종일 매달려야 하는 수업을 어떻게 견뎌낼 수 있으며, 또 비밀은 무슨 제주로 유지할 것인가.

지금까지 살아오면서 큰 일은 남편과 의논해 결정을 했는데 만약에 동조하지 않으면 어떻게 할 것인가. 걱정이 한두 가지가 아니었네. 물에 빠진 심학규가 눈을 뜰 수 있다 하자 봉은사 주지 스님과 덜컥 공양미 삼백 석을 약속해 놓고 고민에 빠지듯이 말이야. 즉흥적으로 일을 저질러놓고 여러 가지 생각에 머리가 어지러웠지. 그러나 이미 엎질러진 물, 주워 담을 수는 없었고.

잠자리 들어 남편한데 말을 꺼냈지. 지금까지 그래왔듯이 나를 이해하고 도와달라고. 담담히 받아들이더라고. 그렇게도 힘이 들었냐고 하면서. 공부하는 것은 좋은데 건강도 좋지 않은 사람이 그 많은 양의 공부를 견뎌낼 수 있을까 걱정이라 하더라고. 당신만 이해해 준다면 나는 어떤 어려움도 참아낼 수 있다고 큰소리를 쳤지.

진짜 중학생이 되었네. 환갑 나이가 가까운 중학생. 교복은 없지만 공책과 교과서를 준비하고, 배낭을 챙겼네.

때는 한겨울이라 해는 늦게 뜨고, 빨리 져서 나에게는 얼마나 다행이었는지 몰라. 새벽에 나가 밤이 되어 들어오면 누구의 눈에도 띄지 않으니. 그러나 시일이 지나면 그 덕도 보지 못할 것이니 밤을 새워서라도 공부해 빨리 합격을 하는 것이 나의 목표였지.

꿈을 꾸면서 하는 생활은 생기가 넘쳤네. 책, 여섯 권과 공책, 도시락을 배낭에 넣고 뛰는 심정은 나이도 잊게 했지. 한없이 즐겁고, 내 주위 있는 생물 무생물 모두를 다 사랑하고 싶었지.

사십여 명 되는 수강생들의 분위기는 집중력이 대단했네. 거의가 중년 아주머니들이었고, 나이 지긋한 남자도 두어서너 명 있더라고. 그 중에 오십 후반인 여자는 나 하나뿐이었어.

그 안에만 들어가면 창피한 것은 한 점도 없었어. 왜냐하면
다들 가슴앓이를 하다가 찾아온 사람들이라 서로들 눈빛만
봐도 위로의 빛이 역력했으니까. 선생님들은 미혼 여성도 있
고 젊은 아기 엄마도 있었어. 대화 하나하나에 아픈 마음 어루
만져 주듯 사려 깊은 정이 넘쳤어.

한 번은 학원 엘리베이터에 같이 탄 한 아가씨가 인사를
하더라고. 들어간 지 얼마 되지도 않고 해서 잘 모르겠기에,
"선생님이세요? 학생이세요?" 하고 물었지. 그는 선생님이라
하면서, 밖에서라면 상대방이 먼저 인사하기 전에는 자신이
앞서 인사하는 일은 없다고 하면서 배시시 웃었어.

공부는 그이가 들려준 말처럼 그렇게 어렵지 않았네. 국어,
영어, 수학, 사회 등등 모르는 것을 하나씩 배워가는 것은 행복
그 자체였네. 집에 돌아와서는 밥은 건성이고 또 책상 앞에
앉았지. 예습, 복습을 하다가 보면 보통 새벽 한 시 두 시가
되곤 했지. 두어 달 교과서를 하고 시험 날짜가 임박하니 기출
문제를 푸는 거야.

벌써 시험 볼 준비를 하더라고. 그래서 나는 선생님에게 물
었지. 교제를 삼 분의 일도 마치지 못했는데 시험을 볼 수 있겠
느냐고. 보통 한 번에 합격하는 사람은 드무니까 교재는 다음

번에 하고 우선 어떻게 시험문제가 나오는지 구경한다는 마음
으로 응시를 해 보라 하더라고. 그 중에 조금 쉽다고 생각하는
과목 한 가지라도 합격해 놓으면 훨씬 수월하지 않겠느냐고.
합격한 과는 다음에 써먹는다는 것을 그때서야 알았네.

그러니까 계속하다 보면 이게 언젠가는 합격하게 되어 있
더라고. 두 달을 공부하고 나니 계속 기출 문제만 푸는 거야.
거기에서 틀린 곳만 찾아서 다시 풀고 하기를 수차례 하다가
모의고사를 보았지. 그런데 모의고사를 치르고 나도 놀란 거
있지. 거의 합격점에 가깝게 점수가 나오지 않겠어. 선생님
말로는 실제 시험은 모의고사보다 오히려 쉽게 나온다 하더
라고.

이렇게 해서 공부 시작한 지 3개월 만에 고입 자격에 합격을
했지. 4월에 시험 보고 5월에 합격자 발표를 하는 데 기다리는
동안 간이 타들어 가는 심정이었어.

3년 다녀야 마치는 과정을 3개월에 따 놓고 보니 만감이
교차하더라고.

남편 역시 좋아했지. 당신의 한 내가 풀어줄 테니 고졸 자격
도 하라면서.

이제 대입 자격은 인터넷으로 하는 중이야. EBS에 그런 프로

그램이 있다는 것은 학원 다니면서 안 거야. 이제 남의 눈에 띌 걱정도 없고, 시간도 내 자유로 활용할 수 있으니 얼마나 편한지 몰라. 자유로운 대신 단점이 있었어. 어떻게 선생님이 칠판에서 얼굴 마주 보고 가르치는 것 하고 같겠어. 이해가 안 되는 것은 상호간에 질문도 하고 대답고 하고 그래야 하는 데 그게 안 되니 말이야. 과목은 중학 과정보다 두 과목이 더 많은 여덟 과목이더라고.

그래서 이번에는 과목 수도 많고, 사이버로 하고 그러니까 8개월을 잡고 있는데 목표가 이루어지려는지 모르겠어. 시험은 4월과 8월 두 번 있는데 만약에 4월에 합격 못하면 8월에 또 시험이 있으니까 다음 해에 대학 진학하는 것은 지장이 없지 싶어. 시간적 여유가 생기면 학원 다니면서 그때는 대학에 들어가기 위한 영어 공부도 하고 기초 지식을 조금이라도 쌓고 하려고.

내가 결혼할 즈음이었지. 몇 번 맞선을 본 경험으로 초등 출신인 나로서는 내가 원하는 배우자를 만나는 것도 어렵다는 사실을 알았지. 꼭 대학 나온 신랑을 만나고 싶었거든. 몇 번 딱지를 맞은 후로 결심했지. 나는 가짜 고졸생이 되기로. 대학 출신 총각과 선을 보면서 거짓말을 한 거야.

지금의 남편과 혼인이 결정이 되고 가짜 고졸 처녀인 나는 좌불안석이었지. 그도 그럴 것이 남편은 좋은 대학을 나와 은행에 다니고 있었지. 그의 아버지도 고위직 공무원으로 뭣 하나 부족할 것 없는 집안이었고.

결혼 날짜를 받아 놓고 고민에 빠지지 않을 수 없었네. 맞선 자리에서 내 입으로 고졸이라고 했기에 이걸 어떻게 수습해야 하나 하는 걱정에 잠도 제대로 잘 수가 없었어. 대학 출신 남편을 맞고 싶은 마음에 사기를 치고 있는 것이 남의 일이 아니고 바로 나라는 것이 무서웠지.

타들어가는 딸의 속을 부모님은 알지 못했지. 마치 들이지 않은 교육비를 보상이라도 해주려는 것처럼 아버지는 가장 아끼는 텃논까지 팔아 혼수를 준비했어. 대학 출신인 부잣집 아들을 사위로 맞는다는 희망에 만나는 사람마다 자랑이고, 아까울 것이라고는 한 점도 보이지 않더라고.

평소에 구경하기도 힘든 자게장을 서울에서 주문하고, 시댁 동기간 인사 옷도 최고급 양복에다가 먼 친척까지도 빼놓지 않고 준비했네. 거창한 혼수를 장만하는 부모를 바라보면서 나는 죽을 맛이었다네.

이를 어떻게 할 것인가. 일단 결혼을 하고 볼 것인가. 그러나 비밀을 가지고 한이불 속에서 잠을 잔다는 것은 도저히 자신이 없었네. 사기 당했다고 이혼하자 하면 어떻게 할 것인가. 이혼당하는 것보다 차라리 미리 알고 끝내는 게 낫지 않을까.

날짜는 한 발짝씩 자꾸 가까워오는데 살은 쑥쑥 빠지고 밥맛은 떨어져 소태를 씹는 것 같았네. 고민 끝에 하루는 용기를 냈네. 시아버님 될 분한테 편지를 쓰기로 한 거지.

아버님께 바치는 글

여러 날 고민 끝에 이렇게 아버님께 먼저 편지를 올립니다. 드릴 말씀은 저의 학력 이야기입니다. 아시다시피 저는 9남매의 장녀였기에 학업보다는 올망졸망한 동생들을 돌봐야 하는 일손이 급선무였던가 봅니다. 부모님께서 여자는 한글만 깨쳐도 살아가는 데 지장이 없다며, 나의 의지와는 상관없이 초등학교를 졸업한 저에게 상급학교의 진학은 아예 생각지도 못하게 하였습니다.

어린 저는 부모님 말 잘 듣는 착한 딸이었나 봅니다. 동생들 돌보며 부모님의 손발이 되어 자랐으니까요.

세월이 지날수록 배움에 대한 욕망은 강하게 왔지만 가난한 농부의 딸로 시골에 묻혀 사는 저로서는 아무것도 해볼 수 있는 능력이 없었습니다. 철이 들고서야 형편이 닿는 대로 책을 읽고 라디오를 듣고, 나중에는 욕심이 생겨 라디오 청취자들에게 받는 편지를 쓰기 시작했습니다. 시험 삼아 넣은 것이 가끔씩 채택이 되어 아나운서의 고운 음성으로 내 글이 읽혀질 때는 하늘을 나는 기분이 되기도 하였지요.

그러다가 혼기를 맞아 선을 보기 시작했습니다. 저는 꼭 대학 나온 사람과 결혼을 하고 싶었습니다. 그러나 그게 나의 신분과는 맞지 않다는 것을 안 것은 선을 보고 나면 틀어지곤 하면서였습니다. 그래서 고등학교 학력은 가져야 대학 나온 신랑을 만날 수 있다는 사실을 인지했답니다. 그때부터 저는 가짜 고졸 출신이 되기로 마음먹었습니다. 그렇게 해서 아버님의 아드님과 인연이 닿았던 것이지요.

아버님, 여자로 태어났기에 겪어야 하는 고통인 것 같습니다. 부디 용서해 주세요. 지금이라도 저의 학력이 모자라다고, 며느리 자격이 안 된다 하시면 그만 두겠습니다. 이 편지를 쓰기까지는 많은 망설임과 고민이 있었습니다. 그냥 숨기고 가서 살면 어쩔 것인가, 미리 사실대로 말해 버리고 운명대로 살 것인가 하고요.

아버님, 이왕 이렇게 된 바에야 솔직히 말씀해 주십시오. 그만 두라 하시면 미련 없이 아버님의 며느리 자리를 포기하겠습니다. 끝으로 한없이 죄송한 마음으로 필을 놓습니다.

안복순 드림

봉투에 우표를 붙이고 한없이 부끄럽고, 미안한 마음 또한 가득했다네. 한편으로는 뜻밖의 편지를 받고 시아버님 되실 분이 어떻게 반응하실까 두렵기도 했지만, 한편으로는 속이 시원하기도 했네.

수사망이 좁혀 들어오는 범죄자가 자수를 해 버리고 난 후의 마음이 이렇게 홀가분할까? 두 달여 남은 결혼 준비를 하느라 온 집안은 부산했지만 정작 본인인 나의 마음은 남의 일처럼 느껴져 허허롭기만 했지. 마치 죄를 고백해 버리고 심판을 기다리는 죄인처럼. 그러나 속으로는 답장을 기다리는 일이 날마다 남모르는 일과였지. 보통 오전 열한 시쯤 오는 집배원을 날마다 초조하게 기다렸지. 시간만 되면 대문을 주시하는 일로 좌불안석이었네.

드디어 기다리던 편지를 받게 되었네. 겉봉에 주소와 직위가 선명하게 박힌 기관장님의 편지였어. 봉투를 여는 내 손은 수전병 환자처럼 달달달 떨렸네. 하얀 편지 종이에 정갈한 글씨가 마치 인쇄를 한 것처럼 또박또박 박혀 있었네.

내 며느리가 될 규수 복순 양에게
보내준 편지는 기쁜 맘으로 읽었네. 그동안 훌륭한 부모 밑에서 가정

교육을 잘 받으며 자란 것이 역력히 드러나 복순 양의 마음을 한 눈으로 보는 것 같았네. 역시 듣던 대로 내 며느리감으로 훌륭하다고 생각되니 아무 염려 말게나. 학교 교육을 많이 받지 못한 것은 시대를 잘못 타고난 것이지 어찌 그게 복순 양의 죄이겠는가. 편지를 쓴 걸로 보니 정규 교육은 받지 않았지만 그동안의 노력으로 많은 실력을 쌓은 점이 한눈에 보이네. 이렇게 글씨도 잘 쓰고 문장도 좋으니 누가 학교 교육 덜 받은 것을 탓하겠는가. 그동안 얼마나 가슴 졸였는지 복순 양이 괴로워하면서 보낸 시간을 다 이해하겠네.

결혼을 한 후로도 나는 개의치 않을 것이니 염려하지 말고 일을 진행하는 데 지장이 없었으면 하네. 그 대신 나하고 약속을 하나 하게나. 내 아들하고 처음 만나서 말했던 것처럼 당분간은 그대로 묻어두라는 것을. 그러면 어느 시점에 내가 사실대로 말을 해 가정생활을 하는 데 지장이 없도록 하겠네.

○○ 아버지로부터

편지를 읽는 순간 내 눈에서 흐르는 눈물을 주체할 수가 없었네. 이렇게 훌륭하신 어른이 계신가 생각하니 나는 결혼하면 그분들에게 내 뼈가 으스러지는 한이 있어도 최선을 다하는 효도와 가족을 위한 봉사로 살아야겠다는 다짐을 했네.

"그럼 글은 어떤 계기로 쓰게 되었어?"

그럼 그 얘기를 해야겠네. 나보다 두 살 위인 외삼촌이 옆 동네 살았어. 같은 또래인데 진학도 못하고 시골에서 농사일과 동생들 돌보는 내가 안쓰러웠던 모양이야. 도시에서 학교 다니는 외삼촌은 책이랑 노트를 들고 가끔씩 찾아왔어. 책을 읽고 일기도 쓰고 하면 중학교에 안 갔어도 실력을 키울 수 있다면서.

내 나이 스무 살 때쯤이었지. 어느 날은 대학생인 그 외삼촌이 월간잡지 '여원' 독자란에 내 이름으로 시를 발표했다는 거야. 황당하게도. 잡지에 내 이름으로 글이 나가게 되니 편지가 많이 왔네. 사귀고 싶다느니, 언니가 되어 주라느니 등등. 팬은 여자보다 남자가 훨씬 많더라고. 이는 좋은 것이 아니라 겁이 났네. 나의 실력으로는 도저히 흉내도 낼 수 없는 글을 외삼촌이 올려놓고 뒷감당은 내가 해야 하니 말일세. 나는 거짓 작가가 되어 버린 셈이 아닌가. 잡지에 실린 글 한 편의 파장은 엄청났네.

심지어 어떤 군인은 답장을 해주지 않으니 집으로 직접 찾아오기까지 했네. 물어물어 시골길을 걸어서 찾아왔을 그를 나의 부모님은 그런 사람 살지 않는다고 딱 잡아떼드라고. 설핏

한 해를 등지고 돌아가는 그의 뒷모습이 너무 안쓰러웠네. 마음 같아서는 달려가 나 여기 있다고 말하고 싶은 심정이었네.

나는 외삼촌한테 이걸 어떻게 하면 좋으냐고, 가짜 글쟁이가 들통이 나면 어떻게 할 것이냐고 했더니 별문제 될 것이 없다면서 그냥 네가 쓴 걸로 하라고 하더라고. 앞으로도 네 이름으로 계속 보낼 테니 그렇게 알고 있으라고 하면서,

그렇게 어렵지 않으니 너도 글을 써 보라 했네. 그럴 수 있을까 생각하면서도 욕심이 생기더라고. 글을 쓴다는 것은 생각해 본 일도 없었는데 밑져야 본전이겠구나 하는 용기가 솟구쳤지.

해묵은 잡지까지 모두 꺼내어 먼지를 털고 독자가 투고한 글을 눈여겨 읽었네. 눈을 크게 뜨고 보니 다른 것이 보이기 시작하더라고.

열심히 쓰고 지우고를 수차례, 그러다가 어느 날 '여상'에 낸 글이 채택이 된 거야. 내 이름으로 책이 오고 선물도 왔네. 얼마나 기쁘던지. 소포를 품에 안고 펑펑 울었네. 배움에 대한 갈망과 가짜 투고자에서 벗어난 시원함도 있었겠지. 나는 힘을 얻었네. 하면 된다는 힘. 그 뒤로 나는 불이 붙었네. 밤을 꼬박 새우며 글을 써서 라디오에도 내고, 잡지에도 보냈지.

그때부터 나는 상급학교는 못 갔지만 글을 쓰는 사람이 되어 남다른 삶을 사는 기분에 나날을 보냈네. 그랬기에 자연 눈도 높아져 신랑감을 나의 눈높이로 맞추어 보고 싶었던 거지.

　"친구, 정말 미안하네. 지금까지 자네가 나에게 털어놓은 인생 파노라마, 언젠가는 내가 고백하고 싶었던 이야기일세. 친하다고 생각하는 자네한테 언젠가는 말한다는 것이 차일피일 미루다 보니 그만 오늘이 되어 버렸네. 그런데 오늘 자네가 나에게 한 말은 내가 모두 자네에게 털어놓고 싶었던 얘기였어."

　"응!? 자네 지금 나한테 뭐라 했는가?"

　"정말, 미안해."

　"……?"

　친구와 손을 마주 잡은 나는 실어증 환자가 되어 버린 것처럼 서로 얼굴만 멀뚱히 바라보고 있었다.

　어제 짐을 풀 때는 창밖 소나무 가지에 걸쳐 있던 붉은 해도 간밤 여행을 잘 마치고 돌아오는가 보다. 동쪽의 새벽 여명이 밤을 꼬박 새운 우리에게 비춰오고 있었다.

눈 먼 자의 꿈

나는 의사 앞으로 의자를 바짝 당겼다.

"선생님, 앞으로 5년만 더 세상을 보고 만다 하여도 수술만
은 꼭 받고 싶습니다. 내 가족들을 보면서 살고 싶어요."

"자녀들이랑 남편과 상의해서 결정하세요."

간호사는 벌써 다른 환자를 호명하고 있었다. 수술용 칼날
처럼 사무적인 의사와 간호사가 얄미웠다. 남편의 부축을 받
고 자리에서 일어나 병원을 나왔다. 차창 너머의 사물이 점점
흐려지고 있었다. 남편이 물었다.

"어떻게 할 것인가?"

"요즘 백내장 수술은 발가락에 티눈 수술 정도로 가볍게 생각했었는데, 그래서 차일피일 미루고 있었는데, 그놈의 병 같지 않은 병이 문제가 되다니요."

"그러게 말야."

"차를 돌려요. 내가 아는 안과 전문의가 있어요."

"누군데?"

"큰딸과 친구예요."

"〈맑은안과〉를 말하는구먼. 그런데 장비와 연구진이 탄탄한 대학병원에서도 말리는데……."

"이대로 주저앉을 수는 없어요. 게다가 나는 글을 쓰는 사람이에요. 눈이 멀라고 하면, 나보고 죽으라는 것보다 더 무서운 형벌이지요."

"그렇겠지……."

남편은 즉시, 〈맑은안과〉로 차를 돌렸다. 병원에 들어서자 큰딸의 친구가 복도를 지나다가 알아보고 반갑게 맞아주었다. 대학병원보다 오히려 마음이 놓였다. 모든 절차를 마치고 딸 친구는 형광판에 찍힌 숫자를 몇 번 짚더니 지시봉을 내려놓았다. 안경을 끼고도 계기판 숫자가 0.3 이상 올라가지 못했다. 딸아이 친구는 웃으며 말했다.

"어머니, 제가 아는 의학상식으로, 백내장 수술은 망막색소변성증과 별로 관계가 없습니다. 수술을 하고 밝은 세상을 사셔야지요. 이제 겨우 60을 넘기셨는데."

"그래서 자네를 찾아왔지."

나는 혈압, 당뇨, 갑상선 등 여러 가지 검사를 마치고 먼저 한쪽 눈을 수술했다. 눈에 보이는 게 전혀 다른 세상 같았다. 사물이 명확하게 보이는 것이었다. 일주일 간격으로 다른 쪽 눈도 성공적으로 수술을 마칠 수 있었다. 초점은 잘 맞지는 않았지만, 안경 없이도 시력은 0.8까지 나왔다.

귀가하여 간호사가 준 주의사항이 적힌 종이를 벽에 붙인 다음 지키려고 노력했다. 눈이 부셔 선글라스를 끼고 다녔다. 항생제와 누액제를 번갈아 가며 하루에 네 번씩 넣었다. 눈에 물이 들어가지 않도록 조심했다. 하지만 그런 일들이 무슨 대순가. 밝고 맑은 세상을 다시 찾았는데. 글도 다시 쓸 수 있게 되었는데. 그러나 망막색소변성증이란 놈은 아직 내 눈 안에 도사리고 있었다.

"엄마, 오늘이 땡스기빙데이야. 기념으로 안경 하나 맞춰드릴까?"

"땡스기빙데이?"

"무엇이든지 세일하는 날."

"안경은 작년 한국에서 맞췄잖아."

"도수가 아무래도 맞지 않는 것 같아."

"우리 따님, 미국 유학 온 기념, 그리고 네 덕분에 처음 미국 여행 온 기념으로 안경 하나 새로 맞추는 것도 괜찮겠지."

"엄마, 나가자."

"그, 그럴까."

딸은 국가에서 시행하는 미국 유학시험에 합격했다. 미국의 대학에서는 장학금을 지급하고 생활보조금도 주었다. 딸은 억척스럽게 아르바이트까지 하고 있었다. 로스쿨 지원 준비를 하면서 변호사 사무실에서 실무를 익히고 있었다. 딸은 경제적으로 얼마간 여유가 있었다. 나는 딸의 권유에 못 이기는 척 따라나섰다.

딸과 같이 간 안경점에서는 우리나라와는 달리 의사가 진단을 했다. 외모가 깔끔해 보이는 백인 의사는 갈색 머리에 벽안(碧眼)이 크고 시원스러웠다. 한국에서의 안경 기사와는 달리 눈에 대한 전문적인 지식을 갖춘 의사에게 안경을 맞춘다는 게 어딘지 믿음이 갔다.

의사는 나의 시력을 측정하기 위해 막대로 큰 글자부터 짚어 갔다. 처음에는 글자가 흐릿하게 보이더니 조금씩 내려가자 아무것도 분간할 수가 없었다.

나는 놀랐다. 그럴 리가 없는데. 벌써 시력이 이렇게 감퇴되어 버렸나. 컴퓨터 검사도 하였다. 의사는 모니터의 움직이는 별을 마우스로 찍게 하였는데 아주 힘들었다. 얼마간 별을 쫓다가 포기하고 말았다.

안경을 이것저것 바꿔가면서 내 눈에 끼워주었다. 의사는 연신 고개를 갸웃거렸다. 그러더니 심상치 않은 표정을 지었다. 나는 가슴이 덜컥했다. 뭐가 잘못되었다는 말인가. 의사는 나를 의자에 앉히고 자신도 착석했다. 딸은 의사와 나의 말을 동시통역했다.

의사가 물었다.

"혹시, 밤에 사물을 잘 못 보십니까?"

"예, 그런 편입니다만."

"시야가 아주 좁습니다. 그리고 안구에 흰 태가 많이 끼어 있습니다. 망막색소변성증에 백내장까지 진행되고 있는 것 같습니다."

"백내장은 알겠지만, 망막색소변성증은?"

"일반인의 시야 각도가 130이라면 이 환자는 80 정도지요. 본인은 별 병적 증상을 못 느끼지만, 나중에는 옆에 있는 사람도 알아보지 못하게 됩니다. 큰 병원에 가서 정밀검사를 받아보시는 것이 좋을 것 같습니다. 백내장 수술도 하고요. 방치하면 맹인이 됩니다. 안경이 문제가 아닙니다."

딸이 말했다.

"아까 움직이는 불빛이 검은 판의 중심을 조금만 벗어나도 엄마는 떠다니는 별을 찍지 못하더라고. 그렇지 않아도 엄마의 눈에 무슨 이상이 있는 것만 같았어. 아무래도 큰 병원에 가봐야겠어요."

"미국에서?"

"체류기간도 정해져 있고, 장기적으로 치료를 해야 할 테니까, 여기서는 곤란해요. 한국의 종합병원 안과에 가보는 것이 좋을 것 같아."

"그래, 그래야겠지."

"오늘은 계획했던 대로 안경이나 맞추고 가지."

"그러자꾸나."

안경점에서 나의 안경을 맞췄다. 딸과 나는, 많은 것을 친절하게 가르쳐줘서 고맙다는 인사를 거듭하였다. 의사는 손을 훼훼 내저으며 자신의 할 일이라고 했다.

택시를 잡아 집으로 향했다. 딸의 표정은 그늘이 드리워진 채 한동안 아무 말이 없었다.

잠시 내 눈에 대해 생각해 보았다. 어떤 때는 안경을 착용했으면서도 계단을 발견하지 못해 무심코 걸어가다가 고꾸라지곤 하였다. 발밑에 있는 물건을 미처 못 보고 일을 저지르기도 하였다. 무엇에 걸려 자주 넘어지고 실수도 많이 하였다.

남편에게는 늘 퉁박거리였다. 남편은 나에게 '털털당 최고위원'이라는 별명까지 붙여주었다. 요즘 들어 그런 증상이 부쩍 심해졌다. 그러나 나 자신을 토닥거리곤 하였다.

나이가 들어가면서 나타나는 자연스런 노안 현상일 뿐이야. 봄, 여름, 가을, 겨울이 순환하는 이치와 같은 거야. 모든 것은 생노사멸(生老死滅)을 반복하는 것일 따름이지. 나 역시 자연의 일부가 아니겠어.

택시는 어느덧 딸이 사는 집에 다가왔다. 그런데 집이 희뿌옇게 일그러져 보이는 것이었다.

그 속에서 아버지가 힘찬 발걸음으로 걸어나왔다. 아버지의 어깨에는 총이 걸려 있었다. 아버지 허리에서 꿩 몇 마리가 대롱거렸다. 아버지는 언제 보아도 훤칠한 키에 늠름하고 잘생겼다. 백두산을 주름잡으며 사냥하는 명포수다웠다. 나는, 사실 아버지를 기억하지 못했다. 어머니가 가끔 들려주던 이야기를 상상으로 편집한 결과였다.

아버지는 중공군 춘계 대공격 때 백두산에서 총 들고 사냥물을 쫓고 있었다. 중공군은 아버지를 적으로 오인하고 총탄을 퍼부었다. 아버지는 이렇게 허망히 타계했다.

어머니 혼자 백두산에서 살 수는 없는 일이었다. 하산하여 따뜻한 곳을 찾아 남으로 남으로 내려갔다. 내가 겨우 두 살 때였다. 어머니는 혼자 그 모진 세파를 견디며 나를 남부럽지 않게 키우려 노력했다. 그러며 아버지의 이야기를 입에 달고 살았다. 나는 아버지를 남자의 잣대로 삼았다. 그래서 체육교사인 남편을 만났는지도 모를 일이었다.

차가 집에 도착했다. 아버지는 팔을 벌려 나를 안더니 가뭇없이 사라지고 말았다. 그날 밤, 꿈에서 아버지와 어머니를 만났다. 백두산 천지연 부근에서였다. 아, 그리운 아버지. 어머니.

"여보, 나 왔어."

"아니, 학교는 어떻게 하고, 점심시간도 안 되어, 교감선생님이 벌써 퇴근했어요?"

"오늘은 일이 별로 없어서. 교무주임에게 뒤를 부탁하고 나왔지."

"조퇴를 했군요. 헌데, 무슨 일이죠?"

"당신 어떻게 나를 그렇게 감쪽같이 속일 수 있지?"

"무슨 말이죠?"

"미국 딸에게서 전화가 왔어."

"아, 내 눈……."

"남편이란 작자가 그것도 모르고 만날 구박만 했으니……."

"나도 미국에 가서야 안 사실이에요. 하긴 길을 나서면 앞에 안개가 가득 낀 것 같았지요. 자동차 안에서 밖을 보아도 그랬어요. 가끔 옆에 사람에게 물어봤지요. 지금 안개가 끼었나요? 아니라고 들 그러더군요. 안경에 문제가 있나 싶어 작년에 안경을 다시 맞추었지요. 새 안경도 아무런 도움이 되지 않았어요. 시력은 급격히 저하되어 책이나 신문 등의 큰 글자 외에는 전혀 보이지 않았지요. 이건 틀림없는 백내장이야. 그렇게 생각하며 지냈어요. 그런데 미국의 안경점에 들렸더니 백내장에 망막색소변성증까지 첨가시키더군요."

"허허, 털털당에 미련당 최고위원 하나를 더 보태야겠구먼."

"엄마, 걱정이 돼서 일이 손에 안 잡혀."

"왜?"

"병원에 가봤어?"

"응, 백내장 수술을 받았다. 이제 세상이 훤해. 새로운 세상을 얻은 것 같애."

"그게 문제가 아니야. 내가 인터넷을 모조리 뒤졌어. 엄마는 틀림없는 망막색소변성증이야."

"여기 대학병원에서도 그렇다고 하더구나."

"일명 알피(RP)라고도 불리는데, 4천에 한 명 나올까 말까 한, 희귀한 병이래요."

"……."

"밤눈이 잘 안 보이고 계단을 내려갈 때 첫 번째와 마지막 계단이 지면과 구분되지 않는대. 계단 난간에 경계표시를 해 놓지 않으면, 두 칸인지 세 칸인지 구분이 잘 안 돼 고꾸라지는 경우도 있대. 엄마, 그래?"

"그렇게 심한 정도는 아냐."

"엄마는 단순한 노화현상이 아니라 중증 환자야. 빨리 조치를 취해야 해. 아니면 실명하고 만대."

"무엇이 원인이래?"

"유전인지 돌연변이인지 아직 밝혀진 바가 없대. 예방법이나 치료법도 연구 중이라는 거야."

"그럼, 나을 방법이 없다는 것 아냐?"

"한 가지 방법은 눈 영양제를 꾸준하게 복용하여 진행속도를 늦추는 것뿐이라는 거야. 그것도 오래 하면 간이 나빠지기 때문에 권할 방법이 못 된다는 거지. 아휴, 엄마가 앞으로 장님이 된다니. 아빠는 도대체 무엇을 하고 있는 거야."

"모두 내 운명인데, 왜 아빠를 들먹거리니."

"아빠 좀 바꿔봐요."

"그러지 말라니까."

남편은 나에게서 전화기를 빼앗더니 딸과 긴 통화를 했다. 시간이 흐를수록 남편의 표정은 흙빛으로 바뀌어 갔다.

나는 딸의 말을 반추해 봤다. 치료도 안 되고 진행 속도를 늦추는 것도 위험하다면 결국은 실명의 길로 가라는 뜻이 아닌가. 벌써부터 눈앞이 다 캄캄해졌다. 현대의 발달된 의학기술로도 어쩔 수 없는 병이 내 몸에 똬리를 틀다니. 아닐 거야. 인터넷에 나온 논문만 믿을 것은 아니지. 그 병에 대해 아직 자세히 밝혀진 것도 없다면서. 나는 그렇게 자신을 위로하고 있었다.

통화를 마친 남편은 표정을 일그렸다.

"눈에 이상이 있으면 좀 서둘러서 알아보고 치료를 했어야
지!"

나는 심상한 척 받았다.

"장님 되면 얼마나 좋아요. 항상 당신 팔 붙잡고 다닐 텐데."

남편은 화를 벌컥 내었다.

"시끄러워!"

"미안해요. 걱정을 끼쳐서……."

"자, 나가자고."

"어디요?"

"병원에 가야지."

나는 남편의 손에 이끌려 밖으로 나갔다. 남편은 대학병원
으로 차를 몰았다. 수속을 끝낸 다음, 복잡한 검사를 마치고,
안과의사와 마주했다. 8월 한복판 염천이었다. 대지는 지글지
글 끓었다. 더운 열기가 숨을 턱턱, 막았다.

안과는 물놀이 계절이라 그런지 만원이었다. 에어컨을 켜놓
았지만 사람들에게서 품어나오는 열기를 식히기에는 역부족
이었다.

먼저 기본조사부터 시작했다. 의사는 지시봉으로 형광판을

짚어갔다. 시력측정기에 턱을 괴고 모니터에 나오는 수평선을 바라보며 눈을 떴다 감았다 반복시켰다. 이렇게 몇 군데 검사실을 거친 다음, 동공을 키워야 한다며 눈에 약물을 넣고 한참을 기다렸다. 눈이 몹시 따가웠다. 눈 뜨기가 불편하고 시야가 흐릿해 보였다. 좁은 공간에서 계속 검사를 받노라니 온몸은 가마솥에 빠진 듯 불쾌한 기류가 휘젓고 있었다.

얼굴을 바짝 붙이자 여러 사람이 사용한 기구는 땀에 절어 끈적끈적했다. 환자가 바뀔 때마다 그곳에 종이라도 한 장씩 갈아주면 좋으련만. 환자의 사정은 전혀 고려치 않았다.

이런 식으로 의사 다섯을 거쳤다. 의사마다 측정 분야가 다르기 때문이었다. 고역이 아닐 수 없었다. 마지막으로 미국 안경집에서처럼 네모 상자에 설치된 우주의 축소판 비슷한 것을 들여다보아야 했다. 검은 판에서 별이 사방을 휘젓고 다녔다. 위치에 맞춰 마우스로 별을 찍어내야 하는데 흡족한 결과가 나오지 않았다. 검사를 모두 마쳤다. 의사의 설명은 딸이 인터넷에서 찾아낸 내용과 거의 같았다.

"환자분은 망막색소변성증입니다. 일명 알피라고도 하지요. 현재 물체가 보이기는 하지만 대롱을 끼고 보는 것처럼 시야가 좁아요. 지금까지 진행속도가 느리기 때문에 자각하지 못

했을 뿐입니다."

"그럼 백내장 수술이라도 하겠습니다."

"백내장 수술을 하면 얻는 것보다 잃는 게 더 많을 수도 있습니다. 망막색소변성증 때문이지요."

백내장 수술을 할 수 없다고? 그러면 내가 평소에 그렇게도 무서워하던 어두운 세상이 지금 찾아오고 있단 말인가. 하얀 지팡이를 손에 쥐고 갈지자로 더듬거리며 위태롭게 횡단보도를 건너던 한 맹인이 떠올랐다. 나는 고개를 완강하게 도리질쳤다. 그럴 수는 없는 일이었다. 더구나 지금 아무 마음의 준비도 해 놓지 않은 상태인데.

나는 기어들어가는 소리로 어눌하게 물었다.

"실명의 위험성도 있나요?"

"알피를 앓고 있는 환자는 그럴 가능성이 큽니다. 이 건 유전입니다. 아주머니와 같은 자녀가 있을 수도 있습니다."

"듣기 싫어요!"

나는 열이 올라 소리를 버럭 질렀다. 그건 더위 때문만이 아니었다.

"하지만 현재로서는 치료방법이 없는 걸 어떡합니까? 이 정도의 진행으로 팔십까지 사신다면 별문제는 없지 않겠습니까.

아무튼 장애 판정이 나왔으니 동사무소에 등록하세요. 살아가는 데 여러 면에서 유리할 것입니다."

"저보고 장님 혜택이나 받으며 살라고요?"

"그만 나가보시지요."

"허허, 그래요?"

전혀 믿기지 않았던 일을 기정사실로 받아들여야 했다. 나는 허탈하게 웃으며 남편과 쫓기듯 병원을 나왔다. 장애인 혜택이나 받으며 팔십까지 살라고? 이 무슨 악담인가. 머리 한쪽에서 소나기 쏟아지는 소리가 들렸다.

남편이 운전하는 옆자리에 앉았다. 남편은 침통한 얼굴에 아무 말도 하지 않았다.

나는 몸을 뒤로 젖히고 눈을 감았다. 그때였다. 선친의 모습이 눈앞에 다시 어른거렸다. 아버지는 꿩은 물론 멧돼지나 사슴 등도 잡아 왔다. 그러나 호랑이에게만은 총을 겨누지 않았다. 그것은 백두산을 지키는 산신령의 사자(嗣子)인 때문이라는 거였다.

아버지가 커다란 노루 한 마리를 어깨에 메고 펄펄 내리는 눈을 맞으며 백두산을 내려오고 있었다. 나는 달려가 아버지에게 안겼다. 아버지의 품에서는 잘 쑨 쇠죽 냄새 비슷한 것이

풍겼다. 어머니는 그 옆에서 환하게 웃고 있었다.

눈이 멀어 가며 왜 아버지와 어머니의 모습이 자주 환각으로 보이고 꿈에도 나타나는가. 아버지는 지아비를 찾아간 어머니의 영혼과 함께 백두산에 떠돌며 나를 기다리고 있는 것은 아닐까. 아무래도 이것은 꼭 무슨 계시와도 같았다. 갑자기 백두산이 보고 싶어졌다. 아무것도 모르던 어린 시절에 그곳을 떠나 한 번도 가본 적이 없는 산이었다.

"엄마!"

"그래, 어서 와라. 기어이 오는구나."

"엄마 때문에 걱정이 되어서……. 마치 불치의 병에 걸린 환자에게 시한부 진단을 내린 후 먹고 싶은 것 있으면 먹고, 가고 싶은 데 있으면 가라는 말과 무엇이 달라요."

"그러게 말야. 어차피 못 고치는 병이니 마음이라도 넓게 가지라는 뜻이겠지."

"처음에 인터넷을 뒤지면서는 반신반의했는데 엄마가 시각 장애인이라니."

"그깟 혜택은 받아 무엇에 쓴단 말이야."

흰 지팡이라도 싸게 사서 쓰란 말인가. 환자가 힘겨운 마음의 결정을 하고 병원에 찾아갔으면 무슨 치료방법을 내놓아야지. 아무 희망도 주지 않고 자신들의 연구대상으로 3개월에 한 번씩 나와 검사나 받으라니. 그것도 사람의 생명을 다룬다는 '師' 자가 붙은 의사란 말인가.

"아! 벌써 3개월이 넘어서고 있네. 병원에 안 가보겠어."

"이제 안 갈란다. 눈에 안약 넣고 이 의사 저 의사 바꿔가며 진단을 하니 고통스럽기만 할 뿐이야."

환자인 나에게는 아무 도움도 되지 않고 시간과 돈만 낭비하는 것 같았다.

"그래도 가봐야 하잖아. 엄마, 나하고 오늘 함께 가요. 다른 병원으로."

딸은 나를 세면대로 끌고 갔다. 나에게 세수를 시켰다. 화장품도 발라주고 외출복을 챙겨 입혔다. 딸은 무척 분개해하고 있었다. 내가 앓고 있는 눈병이 마치 의사들에 의해 전이라도 된 것처럼. 딸은 의사들을 욕했다. 그 속에는 나를 질책하는 내용도 얼마간 들어 있었다. 나는 그만 입을 꽉 다물고 딸에게 끌려갈 수밖에 없었다. 딸은 미리 나에게 있는 병을 연구하는 다른 병원을 알아둔 모양이었다. 택시를 잡았다. 나는 딸에 끌려 택시에 오를 수밖에 없었다.

이번에도 지난번과 마찬가지로 검사를 받는데 한나절을 다 잡아먹었다. 이 병원에서도 전번 의사와 똑같은 말을 반복했다. 나는 의사들의 진단을 인정하고 싶지 않았다.

내 아이는 셋이다. 이들 중에는 밤눈이 어두운 애는 하나도 없다. 내 부모형제도 물론이다. 그렇다고 아무 죄도 없는 조상 탓까지 하고 싶지는 않았다. 온몸은 소금에 절여진 배추 잎사귀와 같았다. 딸에 끌려 택시를 타고 집으로 돌아오고 있었다. 딸은 마음의 갈피를 잡을 수 없는 모양이었다. 안절부절못했다.

딸은 침묵으로 일관하다 불쑥 말을 뱉었다.

"엄마, 걱정 마. 지금까지 아무 문제 없이 살았는데 별일이야 있겠어요."

나는 얼굴을 구겼다.

"그러기로 작정했다. 선무당 사람 잡는다고……. 귀엽고 예쁜 네 모습 잘만 보이는데. 보조개까지 훤히. 헌데, 눈에 대롱을 끼고 보는 것 같네 어쩌네 하는구먼. 싸가지없는 의사들."

"그래도 우선은 의사가 지시하는 대로 따라야 되지 않겠어."

"무엇을?"

"3개월에 한 번씩 가서 시력 체크는 해야지."

"볼일 없다니까. 낫는 것도 아니잖아. 고칠 방법이 전혀 없다면서도, 눈에 약을 넣고 검사 하고 나면 하루종일 눈이 따갑고 떠지지 않아. 괴롭기만 해. 오히려 다른 병이 더 생길 것만 같더구나."

"……."

딸은 내 신경을 더 이상 자극하고 싶지 않은지 자극 받은 조개처럼 입을 꼭 다물었다.

지금 딸에게 큰소리는 치고 있지만 눈에 대해 연구한 전공의들이 수많은 검사를 끝내고 내린 결론이 아니던가. 문외한인 내가 어떻게 그것을 거부할 수 있다는 말인가.

마음이 착잡했다. 두 손바닥을 펴 올려 두 눈을 가만히 덮어 보았다. 깜깜한 암흑이었다. 앞으로 나에게 이런 세상이 온다면 어떻게 살아가야 한단 말인가. 언젠가 맹인의 시기가 온다고 하였지. 그때는 언제쯤일까. 사랑하는 가족들의 모습을 볼 수 없다니…….

나는 진저리를 쳤다. 마음속으로 믿지도 않는 하느님, 부처님을 불러보며 기원했다. '아무것도 바라지 않을게요. 희미한 형체만이라도 좋으니 남편과 자식들을 보면서 살게 해주세요.' 나의 기도는 왠지 공허하게 흩어지고 있었다.

"요즘은 상태가 어때?"

"엘리베이터 문에 찍힌 층수 점자 번호판에 손가락을 짚고 눈을 감아 보았어요. 활자화된 많은 양의 책은 읽지 못한다 하더라도 외출에서 돌아와 내 집은 제대로 찾아와야 할 것 아닌가요. 올록볼록 올라온 점들을 따라 손가락으로 이리저리 문지르면서 촉감을 가늠해 보았지요."

"그랬더니?"

"아무리 더듬어도 모두 그게 그것 같고 구분이 안 되어요. 여보, 내 올해로 60세 아니우. 이 눈만 아니면 무엇이든지 할 수 있는데……."

"맞아. 당신은 건강한 체질이지. 눈을 포기하기는 너무 억울해."

"시력이 없어지기 전에 생명이 다해 버리면 차라리 낫겠어요."

"그게 무슨 소리야."

"계속하여 발전하는 의학으로 생명은 자꾸 연장되어 가는데, 암도 치료하고 인공관절 치환술로 못 쓰는 다리도 정상으로 되돌려 놓는 세상인데, 내가 앓고 있는 병은 왜 아무도 손댈 수가 없다고 하는가요. 인정하고 받아들이려 해도 그게 안 되는군요. 나에게 많은 세월을 어둠으로 보내게 되는 운명이 닥쳐오고 있다니……."

"일체유심조(一體惟心造)라 했잖아. 모든 것은 마음에 달렸어. 마음만 굳게 먹으면 눈이 나을 수도 있어. 알았지?"

"뭘, 알아요!"

나는 자신도 모르게 남편을 향해 쏘아붙이고 있었다.

남편은 단지 위로의 말을 하고 있을 뿐이었다. 백내장 수술은 했지만 눈의 상태는 점점 나빠지고 있었다. 대낮인데도 내가 사는 아파트의 엘리베이터 앞에서 누가 인사를 하면 못 보고 그냥 지나쳤다. 음식점에서는 앞에 밥상이 놓여 있는 것도 모르고 걸어가다 엎어지기도 했다. 통유리가 공간인 줄 알고 무심코 나가다가 얼굴을 찧어 안경이 깨지기도 하였다. 지난여름에 가족과 해변에 갔을 때도 그랬다. 강렬한 햇빛 때문에 눈을 뜰 수 없었다. 텐트 안에서도 마찬가지였다. 그래서 손자들과 놀지도 못했다. 아무리 아니라고 우겨보지만, 이런저런 정황으로 미루어 보면, 내가 앓고 있는 병이 맹인으로 가고 있는 게 맞는 것만 같았다.

지금처럼 앞이 보일 때 미래를 설계해두고 싶어졌다. 생을 다하는 날까지 유지할 수 없는 시력이라면 남들보다 더 많은 것을 봐둬야 한다는 생각이 들었다. 서두르지 말고 조금씩. 나는 어금니를 사려물고 두 주먹을 꽉 쥐며 남편으로부터 돌아누웠다.

다음 날이었다. 신문을 펼쳐들었다. 한 젊은 시각장애인이 국내 최초로 사법시험에 합격해 연수원에서 교육 받고 있다는 기사가 눈에 들어왔다.

이 시각장애인은 29세였다. 그는 고등학교 때 자신의 눈이 알피인 것을 발견했다. 날이 갈수록 시력이 떨어지더니 나중에는 책도 읽을 수 없었다. 시각장애 3급 판정을 받았다. 그는 나보다 병의 진행속도가 빨랐던 모양이다. 나도 그와 똑같은 3급이지만 현재는 생활하는 데 큰 지장이 없으니 얼마나 다행한 일인가. 하지만 나도 언젠가는 그처럼 시력을 아주 잃어버리면 어떡하나. 착잡한 마음이 가시지 않았다. 오전 내내 우울한 생각에 잠겨 있었다.

점심때였다. 아들에게서 전화가 왔다. 아들의 목소리는 약간 들떠 있는 듯했다.

"어머니, 내년 2월이면 아버지 정년퇴임 아녜요. 우리 삼남매가 기념으로 아버지 자동차를 사드리기로 하였습니다. 마침 시력장애 판정이 났으니, 어머니 명의로 하면 혜택이 많습니다."

"마침 시력장애 판정이 났으니?"

"죄송합니다. 제가 실수를 했습니다."

"아니다. 요즘 눈 때문에 신경이 예민해져서……. 장애인 명의로 한다고 해서 눈이 더 나빠지거나 무슨 지장을 주는 것도 아니잖니."

"차도 싸게 살 수 있고, 고속도로 통행료도 반값이며, 사찰 같은 곳은 절 앞마당까지 들어갈 수 있어요. 그러니 새 차로 관광도 많이 하면서 사세요."

"호박이 넝쿨째 굴러오는구먼……."

"그럼, 그렇게 하겠습니다."

"알았다. 잘해 봐라."

나를 위한 일인데도 왜 이렇게 속이 뒤틀릴까? 하지만 장애인 등록을 위한 진단 서류는 떼어야 했다.

아쉬운 사람 우물 파는 격으로 할 수 없이 2년 만에 병원을 다시 찾았다. 시력이 많이 저하되어 있었다. 의사는 왜 이제야 왔냐고 나무랐다. 나는 아무 소리도 안 했다. 여기에 찾아오면 별 뾰족한 수라도 있는 것처럼 말하는 그들의 속이 뻔히 보이는 듯해서였다.

진단서를 떼어 주민자치센터에 제출했다. 시각장애 3급 증명서와 복지카드를 발급해 주었다. 그리고 서류를 내밀면서 담당 직원은 말했다.

"설명서를 자세히 읽어보세요. 가정에서 사용하는 도시가스, 전기료, 전화료 등 감면되는 게 많아요."

나는 직원을 빤히 쳐다보았다.

"우선 자동차 사는 데 필요한 서류나 갖추어줘요."

그는 필요한 것들을 챙겨주었다. 혜택은 의외로 컸다. 연료값이 저렴한 가스차를 사용할 수 있고, 이천만 원이 넘는 신형 소나타 구입비용도 천육백만 원 정도였다. 혼란스러웠던 마음은 가뭇없이 사라지고 쾌재를 부르며 내 불편한 눈에 감사한 마음까지 들었다. 아직까지는 정상인에 가까운 눈으로, 이런 특혜를 누리고 살 수 있다는 것은 행운이라는 생각까지 들었다.

사람의 마음이란 참으로 알 수 없는 요물이었다. 나는 허공을 향해 공허하게 웃었다.

가스차로 바꾼 뒤부터였다. 부부동반 외출이나 친구들과 외지로 여행할 때는 주로 우리 차를 움직였다. 한 친구가 말했다.

"너는 생활하는 데 아무 지장도 없으면서 이렇게 연료값이

싸게 먹히는 가스차에다, 자동차세는 무료이고, 주차하는 데도 특별대우를 받으니 얼마나 좋으냐. 얘, 부럽다."

"오죽 불쌍한 사람들이면 나라에서 이런 혜택을 주겠냐. 허허, 나, 원, 참."

장애인 등록을 하니, 시청에서 『시각장애인을 위한 점자소식지』라는 책을 보내주었다. 난생처음 보는 책이었다. 왠지 기분이 씁쓸했다. 도대체 어떤 종류의 책인지 구경이나 한번 해보겠다는 생각으로 책장을 열었다. 벽지처럼 두꺼운 하얀 종이에는 수없이 많은 점이 빽빽이 찍혀 있었다. 눈을 감고 점자 위를 더듬었다. 미로와도 같았다. 갑자기 패배의식 같은 게 파도처럼 밀려들었다. 만약 이 점자를 익혀야 한다면 어떻게 해야 할 것인가. 마음은 아득한 늪으로 가라앉아 가고 있었다.

어디선가 본 방송 프로가 문득 떠올랐다. 사회자가 시각장애인에게 물었다.

"당신의 눈을 수술하면 단 일 분만 사물을 볼 수 있습니다. 그래도 수술을 하겠습니까?"

시각장애인은 단호하게 대답했다.

"좋습니다."

사회자는 다시 물었다.

"그러면 일 분 동안 무엇을 보고 싶습니까?"

시각장애인은 간단명료하게 답했다.

"우리 아이들!"

나는 가고 싶은 곳을 갈 수 있고, 보고 싶은 것을 마음껏 볼 수 있으며, 내 아이들도 마음만 먹으면 언제든 만날 수가 있지 않은가. 감사한 마음이 들었다. 이 세상의 모든 것에.

점자책이 배달되기는 하였으나 아직은 필요하지 않았다. 괜히 마음만 심란해져 눈에 잘 뜨이지 않게, 그것을 장롱 구석에 처박아 버렸다. 그러면서도, 어쩌면 이제부터 내 눈에 들어오는 풍광들이 마지막이 될지도 모른다는 강박감이 떠나지 않았다. 더 많은 것을 보고 느끼며 기억의 창고에 차곡차곡 쌓아두고 싶었다.

남편과 제주도 여행을 갔다. 우리는 손잡고 유채꽃이 만발한 해안가를 걸었다. 아주 잠깐씩 눈에 아무것도 들어오지 않았다. 나는 깜짝 놀라 손으로 눈을 지압했다. 사물은 다시 나타났다. 나는 가슴을 쓸어내리며 한숨을 길게 내쉬었다.

다음 날, 날이 채 밝기 전의 시간이었다. 성산 일출봉 앞에 가보았다. 붉은 기운이 하늘에 뻗치더니 밝고 둥근 해가 바닷물을 박차고 불끈 솟았다. 장엄했다. 차를 몰아 올레길로 자리를 옮겼다. 그곳의 풍광은 한 폭의 수채화였다. 한쪽은 바다요, 다른 편은 산으로 둘러싸인 오솔길이었다. 오솔길을 걸었다. 바닷물이 곁에서 철썩거리며 제주도의 한 서린 이야기를 들려주는 것만 같았다.

대지를 온종일 따스하게 어루만지던 해가 서편 바다로 빠져들고 있었다. 구름과 바다를 검붉게 물들인 수채화는 내 얼굴도 붉게 물들일 것만 같았다. 천지가 하루의 일을 무사히 마치고 맞는 휴식의 시간으로 들어가고 있었다.

그런데 이상한 일이었다. 시야가 뿌옇게 흐려지더니 눈에 아무것도 들어오지 않는 거였다. 나는 발을 헛디디며 휘청거리기 시작했다. 남편이 잽싸게 달려와 내 손을 잡아주었다.

"이제 아무것도 구별이 안 돼요."

"⋯⋯?"

"불쌍해요, 당신, 장님하고 살아야 한다니."

남편은 언젠가는 이런 날이 올 것을 예상했다는 듯이 의외로 담담히 말했다.

"많은 것을 얻을 수도 있지."

"예?"

"당신이 못 보는 것을 마음으로 보고 내가 말해줄 수도 있어. 나도 정년퇴임을 했잖아. 이제부터 시간이 많은 편이지. 올겨울 당신과 호주를 다녀오고 싶어. 언제부터인가 당신과 우리나라 반대편 호주를 꼭 여행하고 싶었지. 당신 눈이 좋을 때 가봤어야 했는데……."

"푸른 바닷가에 떠 있는 신비스러운 건축물, 여러 개의 오렌지 조각을 세워놓은 것 같은 모양의 오페라 하우스, 그것이 어떻게 생겼는지 무척 궁금했었는데. 이제 가 봐도 아무것도 보이지 않잖아요."

"걱정 마. 내가 당신의 눈이 되어 잘 설명해주면 되잖아. 우리와 기후가 반대야. 우리의 추운 겨울이 거기는 한여름이지. 추위를 피해 그곳에 가서 두어 달씩 지내다 오는 사람들도 있어. 돈 많은 사람들의 이야기지만."

"피서 간다는 말은 들었어도, 피한 간다는 말은 처음인데요."

"얼마나 신비로운 체험이야."

"혹한을 피해 낯선 나라에서 색다른 경험을 하며 두어 달 살다 오면 두고두고 되새김질할 수 있는 삶의 활력소가 되겠지요. 그러나 그건 당신의 이야기예요. 장님인 나한테는 어울리지 않아요."

"내가 옆에 있는데 무슨 소리야."

"그보다도 죽기 전에 꼭 가보고 싶은 곳이 있어요."

"어딘데?"

"백두산이에요."

"아, 장인이 거기서 명포수였다고 했지."

"백두산이 꿈에 자주 보여요. 아버지, 어머니도 함께."

"그래? 그러면 백두산으로 가자고."

"8월에 가야 좋아요. 그 달에 잠깐 여름이었다가 바로 가을,
겨울로 이어지거든요."

"좋아. 당신이 가고 싶다면 올여름 백두산으로 잡자고. 당신
과 함께 산 세월이 얼마야. 아무것도 없는 이십대에 우리가
만나 아이들 셋 얻어 잘 길러, 당당한 사회 일원으로 세워놓고,
노후 걱정 없이 보낼 수 있도록 다져 놓은 것이 누구야. 당신이
아니었으면 어떻게 가능했겠어. 교사 박봉에 가녀린 몸으로
아이들 셋을 키우고 가르치면서 부업거리를 집에 가져와 일하
면서, 하루도 시간을 허투루 보내지 않았잖아. 지금의 우리
가족은 당신으로 해서 존재하는 것이야. 그런 당신을 내가 어
떻게 외면할 수가 있겠어.

현대 의학이 당신 눈에 등을 돌린다 해도 나는 그러지 않을 거야. 내 눈은 다행히 아직도 시력이 양쪽 모두 건재하잖아. 나는 각오가 돼 있어. 처음에는 내 눈을 한 쪽씩 나누어 갖고 싶었지. 하지만 그것도 안 된다 하니까 항상 당신과 함께 다니면서 당신의 실제 눈이 되어 주겠다고."

남편은 깍지 낀 나의 손을 꼭 쥐었다. 이렇게 진심에서 우러나오는 남편의 목소리를 들어 본 적은 일찍이 없었다. 무뚝뚝하기만 한 남편에게도 이런 면이 있었다니. 이 병이 혹 자식들에게 유전으로 나타나면 어떻게 할까, 이런 원망을 하고 있을 것 같았는데. 그래서 혼자 외로워하고 슬퍼하고 그랬었는데. 그게 아니었구나. 남편의 따스한 체온이 내 손바닥을 통해 온몸 구석구석으로 퍼져나가기 시작했다. 나의 눈에서는 뜨거운 물이 속절없이 쏟아지고 있었다.

"날씨가 좋네요. 햇살이 눈부셔요. 주위 정경이 모두 한눈에 들어와요."

"이런 날씨는 일 년에 몇 번뿐이야. 백두산이 당신의 방문을 환영하고 있군."

"여기가 천지 맞죠?"

"그래, 당신이 그리던 바로 그곳."

"주위를 둘러보니 거대한 봉우리들이 장관을 이루고 있네요. 우뚝우뚝한 그것들은 하늘을 향해 부축하듯 둘러싸고 서 있군요. 아래를 보니, 말 그대로 과연, 천지네요. 넓고 맑은 호수가 푸르를 대로 푸르렀어요."

"하늘, 바로 그것이지. 땅이 무릎을 꿇어, 양손을 머리 위에 모아, 하늘을 받쳐 들고 있는 형상이야. 저토록 신비하고도 아름다운 모습은 지구 어디에도 없을 거야. 우리가 천손의 자손이기 때문에 받은, 하늘의 선물일 터이지."

"천지는 이 지구의 중심이며 탯줄이에요. 천지의 물을 만져 보고 싶어요."

"자, 내려가 보자고."

남편은 나를 끌고 경사가 완만한 지형을 골라 내려갔다. 나는 남편을 따라 물가로 다가가 물에 손을 담갔다. 온천수지만 냉수와 섞이니 몹시 찼다. 조금을 그렇게 있으니 손목이 다 잘려나가는 느낌이었다. 남편과 나는, 다시 제자리로 갔다. 나는 백두산에서 제일 높은 백두봉에 눈길을 보냈다.

나는 감탄조로 말했다.

"백두봉이 하늘을 향해 불쑥 솟아 천하를 굽어보고 있네요.

백두봉의 끝은 바위로 되었는데 거대한 투구처럼 생겼어요."

남편의 목소리도 들떠 있었다.

"장군봉, 또는 병사봉이라고도 불리지. 조국을 수호하는 신병(神兵)이라는 뜻이야."

"세 번째 높이 계관산(鷄冠山)이라 불리는 망천후도 보여요. 천지를 감싸고 있는 백두연봉들은 볼수록 장관이네요. 신비하고도 웅장한 자태로 불끈불끈 솟아 있어요. 한마디로 장엄하군요."

"과연 성산(聖山)이야."

"백두산에는 세 줄기 물 흐르는 곳이 있어요. 그것들을 통해 압록강과 두만강, 그리고 송화강으로 흘러, 우리의 잃은 국토들을 적시고 있어요. 얼마나 신비롭고 장엄한 산이에요. 가슴이 터질 것만 같아요. 호주 여행을 포기하고 여기로 오기를 아주 잘했어요."

"헌데, 당신의 눈에 모두 보이는 것처럼 말하고 있군."

"아버지가 어머니에 전해준 이야기를, 다시 어머니 통해 내 머리 속에 입력된 내용들이, 백두산에 오니 모두 고스란히 펄펄 살아 출력되는 것 같아요. 지금 내 눈에는 지구를 관장하는 마고대신이 창조한 인류의 조상 나반과 아만, 그리고 그들의 자손 환웅천왕, 단군왕검 등 조상님들과 이 천국에서 함께 노니는 부모님까지 훤히 보여요. 난, 당신이 못 보는 것까지 볼 수 있잖아요."

"맞아. 신은 당신의 눈을 앗아간 대신 많은 것을 주었어. 이제부터 나는 몸의 눈으로 세상을 보고, 당신은 마음의 눈으로 사물을 보면서 살자고. 그래서 서로 그것을 이야기해 주며 부족한 부분을 채워가자고."

"그래요. 여보, 고마워요."

"그래, 당신의 부모님 고향에 오기를 잘했어. 우리가 앞으로 어떻게 살아갈 것인지를 명확히 가르쳐줬잖아."

"그래요, 자, 그만 내려가지요. 비가 올 것 같아요."

"저 멀리서 먹구름이 빠르게 몰려오고 있군. 당신 눈이 내 눈보다 나은 것 같아."

"호호, 그렇지요?"

남편은 나를 안았다. 남편의 가슴은 오늘따라 더 넓은 것만 같았다. 나는 한동안 남편의 따듯한 가슴에 고개를 묻고 있었다. 천지의 물처럼 행복감이 가슴을 통해 내 몸 구석구석으로 흘러내렸다.

나는 몸을 빼내어 남편의 손을 잡아끌었다.

"자, 내려가요."

"그러지."

남편은 나의 손을 붙잡고 서둘러 하산을 시작했다. 우리가 숙소에 도착할 무렵에 빗방울이 후두둑, 이마에 떨어지더니, 곧 장대비가 되어 퍼부었다. 백두산의 기후는 전혀 예측할 수가 없었다. 그런데 내 눈에는 이미 이런 징후들이 읽혀졌던 것이다. 천둥을 동반한 번개가 하늘을 쩍쩍, 갈랐다. 모든 것이 눈에 훤히 보이는 듯했다.

돌아오는 길

한여름, 후텁지근한 날씨에 비가 질금거리고 있었다. 뉴욕 국제공항으로 갔다. 동생들은 이미 도착하여 기다리고 있었다. 대합실에서 서성이던 은혜와 수남이 나를 발견하고 손을 흔들며 웃었다. 나도 어색하게 웃으며 손을 마주 저었다.

나의 얼굴은 잔뜩 일그러져 있을 것이었다. 환하게 미소를 짓던 동생들의 얼굴도 어두워졌다. 어머니를 찾아야 할 것인지, 말아야 할 것인지, 많이 망설여 왔다. 특히 수남은 자신들을 버린 어머니를 만나지 않겠다고 고집을 부렸던 것이다. 수남을 설득하는 데 많은 시간을 허비해야 했다.

동생들과 함께 출국 수속을 마치고 비행기에 올랐다. 나의 좌석은 창가였다. 먼저 앉은 승객들의 무릎 사이를 비집고 들어가 무너지듯 털썩 주저앉았다. 은혜와 수남이 내 옆으로 나란히 착석했다.

우리는 안전벨트를 맸다. 얼마간의 시간이 지나자 비행기는 이륙을 시작했다. 귀가 멍멍하며 고막을 조여 왔다. 침을 몇 번 삼켰다. 조금은 나아지는 것 같았다. 바람이 많이 불며 빗발이 점점 굵어지고 있었다. 이러다 회항하면 어쩌나 걱정되었다. 인천국제공항에 나와 우리를 기다리고 있을 어머니의 옛날 모습이 눈앞에 어른거렸다. 갑자기 어머니를 만나야 한다는 욕망이 꿈틀거렸다. 그것은 갈증처럼 입안을 바짝 마르게 하였다. 나는 물을 컵에 따라 마셨다. 의사인 은혜가 나를 보았다.

"언니, 긴장 돼?"

이번에는 사업가로 성공한 수남이었다.

"민지 누나, 어머니가 인천공항에 안 나오면…….”

나는 아무 말도 하고 싶지 않았다. 머리를 의자 등받이에 붙이고 눈을 감아 버렸다. 동생들은 나를 더 이상 귀찮게 하지 않았다.

눈을 떴다. 비행기는 솜털 같은 뭉게구름 위에 떠올라 제

속력을 다 내고 있었다.

고국 방문을 앞두고 어제 잠을 설쳤다. 어머니를 만나야 옳은가 생각도 많이 해봤다. 그러나 이 세상에 한 분밖에 없는 어머니였다. 불가(佛家)의 말을 빌리지 않더라도 많은 인연이 있어 이승에서 어머니와 딸의 관계로 맺어진 것일 터였다. 내가 미국에서 피아니스트로 성공하여 부와 명성을 누리는 것도 어머니의 배를 빌려 태어났기 때문이었다.

한국 방송에서 이런 나를 소개한 적이 있었다. 어머니는 방송을 보고 수소문하여 나의 거처를 알아내었다. 창 너머 저 멀리 구름 사이로 전화기를 든 어머니의 모습이 어른거렸다. 국제전화의 어머니 목소리는 떨리고 있었다.

"저……, 여수 남산동에서 태어난 피아니스트, 김민지……, 맞나요?"

나는 의구심에 차 말했다.

"그렇습니다만, 누구시지요?"

흐느끼는 소리와 함께 전화기는 딸깍, 끊어졌다. 이런 전화가 몇 번 계속되었다. 나는 추리를 했다. 남산동에서 태어난 김민지? 누가 나의 출생지를 알고 있을까? 그리고, 왜, 전화를 하고 울고만 있을까? 순간 나의 머릿속을 번개같이 스치고

가는 생각이 있었다. '그래, 맞다. 어머니다!'

또 벨이 울렸다. 나는 화가 난 사람처럼 소리쳤다.

"엄마? 엄마, 맞지?"

"그래, 못난, 몹쓸 죄를 지은, 네 엄마다……."

"엄마, 보고 싶지 않았어. 아니, 많이 보고 싶었어."

전화는 또, 그렇게 끊어졌다. 일주일에 몇 번씩 이런 대화 아닌 대화는 이어졌다. 그러다 이렇게 고국을 방문하기로 한 것이었다.

구름 속에서 어머니와 이모의 형상이 잠시 나타났다. 우리 삼남매를 보육원에 보내자고 제안한 사람은 이모였다.

우리는 사글셋방에 살고 있었다. 중병이 든 아버지, 그리고 어머니와 우리 삼남매가 한 방에 거처했다. 이모는 늦은 시각에 우리 집에 방문했다. 어머니와 이모는 무슨 중요한 비밀 이야기라도 하듯 목소리를 낮춰 속삭였다. 나는 터지려는 오줌보를 움켜잡고 자는 척하며 귀를 쫑긋 세웠다. 이모의 목소리였다.

"보육원에는 언니처럼 어려운 생활보호대상자 자녀들이 많이 와 있어. 형부의 몸도 그렇고. 언니, 어떻게 저 아이들을 가르치고 돌볼 거야. 처음 아이들을 보낼 때는 칼로 팔이나 다리를 베어내는 것 같겠지만, 나중에 애들이 잘 커서 제 자리를 찾으면, 절대 후회하지 않을 거야. 그런 부모들이 많아."

"동생은 어떻게 그리 잘 알아?"

"교회에서 보육원에 봉사활동 다닐 때 언니 때문에 자세히 알아봤어."

"한꺼번에 셋씩이나 받아줄까?"

"그럼."

"에이, 그래도 어떻게, 부모가 멀쩡히 살아있는 아이들을……."

"언니, 냉정히 생각해야 돼. 다 언니와 조카들을 생각해서 하는 소리야."

"동생, 나, 그 이야기 안 들은 것으로 하겠네."

"언니, 잘 생각해 봐."

이모는 서둘러 일어나는 기색이었다. 그리고 방문을 열고 나갔다. 나는 실눈을 떴다.

어머니는 자고 있는 아버지를 흔들어 깨웠다. 아버지는 마지못해 눈을 떴다. 어머니는 이모가 던지고 간 말을 몇 번이고 반복했다. 아버지가 버럭 역정을 내었다.

"앞으로 그런 소리 하려면 우리 집에 나타나지도 말라고

해!"

어머니가 말했다.

"우리의 앞날이 절벽이라 그런 것인데……."

'아무튼 내 속으로 낳은 자식들에게 눈물 내는 짓은 하지 말아야지. 어떻게 친척도 아니고 생판 남인데, 내 자식을 맡길 수 있겠어.'

그 생각을 하니까, 눈물이 나왔다. '키우지도 못할 아이들을 왜 낳았어?' 누군가 그렇게 소리치며, 어머니 뒤통수를 둔기로 세차게 후려치는 것만 같았다.

"그래요. 여보, 없었던 일로 하고 그만 자요."

어머니는 일어나 전등의 스위치를 내렸다. 방 안은 어둠에 갇혀 버렸다. 오줌을 참고 있던 나는, 이불에 약간 지렸다. 서둘러 일어나 밖으로 나가 잽싸게 바지를 내렸다. 오줌 줄기가 세차게 쏟아졌다.

'보육원으로 간다?' 허공을 보았다. 참으로 밝고 고운 별들이 눈물을 머금고 있는 것 같았다. 나의 눈에서도 눈물이 한없이 흐르고 있었다. 나는 그 자리에 쪼그리고 앉은 채 붙박여 그대로 있었다. 방문이 열리며 어머니가 나를 부르는 소리가 들렸다. 나는 대답을 하려고 했으나 왠지 입이 떨어지지 않았다. 이모는 우리의 양육문제로 자주 방문했다.

　비행기는 악천후 속에서도 그런대로 순항하고 있었다. 어느 정도 안심이 되었다. 창을 통해 비행기의 날개가 가깝게 보였다. 휴지를 꺼내 김이 서린 창을 닦았다. 날개에 굵은 빗줄기가 마구 튕겨지고 있었다.

　은혜가 나를 바라보았다. 눈은 축축이 젖어 있었다. 동생도 나처럼 남산동에서의 어린 시절을 반추하고 있는 모양이었다. 수남은 꽉 다문 입에 눈을 지그시 감고 있었다. 은혜가 물었다.

　"언니, 무얼 생각하고 있어?"

　"남산동……."

　"엄마는 인천공항에 나올까?"

　"엄마 스스로 제안한 것이잖아."

　"마음이 변했을 수도……."

　"너도 수남처럼 엄마를 꼭 보고 싶지 않다는 투로 말하는구나."

　"언니, 이제 만나서 뭘 어떻게 하겠다는 거야? 서로 살아온 환경이 다르잖아. 부딪히는 일도 많을 거야. 그것을 조율하는 어려운 과정도 있을 테고. 언니, 나도 수남과 근본적으로는

같은 생각이야. 게다가 우리에게는 잘 키워준 양부모가 있는
데."

나는 동생의 눈을 보며 말했다.

"은혜야, 그래도 우리 엄마야. 그래서, 이렇게 찾아보는 것이
고."

은혜는 눈을 질끈 감으며 입을 꽉 봉해 버렸다. 나는 아래를
보았다. 검은 구름이 두텁게 층을 이루며 켜켜이 쌓여 있었다.
그것들을 열고 비는 대지를 흠뻑 적실 터였다. 눈에 안개가
서렸다.

지지리도 궁상스럽고 가난하던 남산동 생활이 다시 떠올랐
다. 우리는 왜 그렇게 가난해야만 했을까. 우리는 왜 이렇게
낳아준 부모와 헤어져야만 했을까. 구름 저쪽에서 운명이란
놈이 허연 이를 드러내고 낄낄거리며 웃고 있었다. 다시 눈을
감았다.

전쟁고아로 자란 어머니는 목수인 아버지와 신혼생활을 시
작했다. 아버지와는 보육원에서 만난 사이였다. 얼마나 외로
운 사람들이었던가. 그들은 봇물처럼 터져나는 정을 나누며
서로를 아끼고 사랑했을 터이다. 아버지와 어머니는 가정이라
는 울타리 속에서 또 얼마나 행복했을까. 저녁이면 밥상 위에

동태찌개 하나 달랑 얹어 놓고 서로의 입에 넣어주며 즐거워했을 것이었다. 냄비 하나를 장만하고도 득달같이 이모에게 전화를 걸어 자랑했을 것이다. 밤이면 둘이 껴안고 날이 새는 줄 모르고 도란거렸겠지. 나는 그런 것들을 보고 느끼며 자랐다. 그래서 나 역시 행복했었다.

아버지와 어머니는 이런 생활 속에서 나, 그리고 은혜와 수남을 얻었다

장손 수남이 숟가락을 손에 쥐고 밥을 입에 넣는 것이 무슨 큰 사건이라도 되는 양 부리나케 이모에게 전화기를 들곤 하였다. 부모는 열심히 벌어 자식들을 잘 가르쳐 자신들의 전철을 밟지 않기만을 하느님, 부처님, 삼신님께 빌고 또 빌었다.

어머니는 통장을 보며 이 사글세를 청산하고, 전세에서 내 집으로 이사 갈 꿈에 부풀기도 하였다. 이 상태로 계속하면 충분히 가능한 일이었다.

하늘은 우리 부모를 시샘하였던지 아버지가 아파트 현장에서 발을 헛디뎌 낙하하고 말았다. 다행히 목숨은 건졌지만 중상이었다. 앰뷸런스에 병원으로 실려 간 아버지는 깨어날 기미가 없었다.

통장의 숫자는 푹푹, 줄어갔다. 어머니는 우리를 붙잡고 울

었다. 얘들아, 우리는 이제 어떻게 살아가니……. 나는 어머니를 끌어안았다. 엄마, 걱정 마. 우리가 있잖아.

어머니는 생선장사로 나섰다. 비린내 나는 생선을 머리에 이고 여기저기 다리품을 팔고 있었다.

하루는 어머니가 늦게 돌아왔다. 어머니는 우리들의 볼에 입맞춤을 해주고는 아버지 옆에 누웠다. 아버지의 목소리에는 날이 서 있었다.

"어디서 무엇을 하다 이제 들어와!"

"오늘은 장사가 잘되었어요. 남은 생선을 모두 팔려다가 그만……."

아버지는 끙, 소리를 내며 고개를 돌렸다. 어머니는 아버지를 팔로 감싸 안았다. 그리고 힘없이 눈물을 흘렸다. 어머니는 입술을 지그시 깨물었다. 어머니는 밤새도록 눈이 퉁퉁 붓도록 울었다.

며칠 후였다. 어머니는 붕어빵 봉지를 들고 웬일인지 초저녁에 귀가하였다. 근간에 없던 일이었다. 동생들은 놀기에 지쳐 벌써 잠이 들어 있었다. 나는 눈을 감고 자는 척했다.

어머니는 우리 머리맡에 붕어빵 봉지를 놓고 앞치마 주머니에서 비린내 나는 돈을 꺼내 세었다. 어머니의 표정이 밝아졌다. 오늘은 장사가 잘된 것 같았다. 곧 어머니의 얼굴은 어두워졌다. 남는 게 별로 없는 모양이었다. 이것으로 어떻게 사글세 방값 내고, 아버지 약값 하며, 애들 학비를 저축한단 말인가? 그런 표정이었다.

나는 벌써 애늙은이가 다 되어 있었다. 어머니의 얼굴에서 모든 것을 읽을 수가 있었던 것이다. 어머니는 우리의 누워 있는 모습을 보고 또 보며 눈물을 질금거렸다.

어머니는 이모의 제안에 따를 결심인 모양이었다. 그것을 선포하려고 서둘러 집에 온 것 같았다.

어머니는 어금니를 질끈 물었다. 하긴 중환자인 아버지를 어디로 보낼 수야 없는 일이 아닌가. 우리가 어디로 가야 할 일이었다. 나의 가슴속으로 무엇인가 거센 파도처럼 쏴아, 밀려왔다 물러갔다. 어머니는 아버지의 가슴에 손을 얹었다. 그리고 한동안 무거운 침묵이 흘렀다.

어머니의 목소리는 축축이 젖어 있었다.

"아무래도 동생의 말에 따라야 할 것 같아요."

"우리 아이들을 보육원에 보내겠다고?"

"앞이 보이지 않아요. 요즘에는 중학교나 고등학교에 다니는 데에도 들어가는 돈이 많아요. 저 애들을 최소한 고등학교까지는 가르쳐야 하잖아요."

아버지는 가슴에 놓인 어머니의 손을 내리며 울먹였다.

"안 돼. 그럴 수는 없어."

어머니는 벌떡 일어나 앉았다. 어머니의 눈은 활활 타고 있었다. 어머니는 자신의 의지가 확고해지면 아버지의 반응과 상관없이 행동했다. 그럴 때면, 무서운 어머니로 돌변하곤 하였다. 어머니는 우리를 흔들어 깨워 자신의 앞에 앉혔다. 어머니의 표정은 무섭게 일그러져 있었다. 신이라도 잡힌 사람의 얼굴 같았다. 어머니의 표정을 모두 읽고 있던 나는, 이미 짐작하고 있었다.

나는 입술을 지그시 깨물었다. 어머니의 목소리는 단호했다.

"너희들도 알다시피 우리 집은 지금 힘들다. 이모가 가르쳐 줬다. 보육원에 가면 먹여주며 재워주고, 고등학교까지도 보내주며 용돈도 준단다. 우리가 보고 싶어지면 언제든 찾아올 수 있잖니. 그래서 너희들을 보육원에 당분간 맡기기로 하였다. 우리의 생활이 펴지면 데려올게. 보육원에 가 있어라."

나는 아무 말 없이 고개를 주억거렸다. 눈가가 촉촉이 젖어들더니 곧, 눈물로 뭉쳐 볼을 타고 사정없이 흘러내렸다. 동생들은 무슨 말인지 몰라 왕방울 눈을 하고 어머니만 빤히 쳐다

보고 있었다.

  기내식이 나왔다. 은혜와 수남은 소고기 스테이크에 포도주를 주문했다. 나는 밥과 생선, 그리고 우유를 시켰다. 어류를 원한 이유는 생선장사를 하던 어머니가 갑작스럽게 뇌리에 떠오른 때문이었다.

  나는 뒷사람을 생각하여 의자를 정위치 고정시켰다. 별로 음식 생각이 없었지만 다음 식사가 나올 때까지 버티려면 무엇인가 위장에 넣어둬야 했다. 음식을 반쯤 먹다 밀어놓았다. 은혜와 수남은 빈속이어서인지 먹을 것을 싹싹 모두 비웠다.

  나는 무엇인가 가슴에 얹힌 것 같았다. 어제 잠을 설쳐 소화기능이 제대로 작동하지 않는 모양이었다. 여승무원들이 돌아다니며 커피와 홍차를 따라주고 있었다. 승무원이 들고 있는 사각형 쟁반에 컵을 올려놓고 커피를 주문하여 마셨다. 그래도 속이 좋지 않았다. 속에서 무엇인가 넘어올 것만 같았다.

  나는 바삐 동생들을 지나 화장실에 갔다. 식사를 대충 빨리 끝낸 덕분인지 화장실은 비어 있었다. 서둘러 들어가 문을 잠그니 불이 켜졌다. 좌변기에 얼굴을 대고 한참을 토했다. 눈물이 다 글썽여질 정도로.

소화를 위해 비행기에서 조금 돌아다니다 내 자리로 다시
가 앉았다. 비행기가 심하게 요동치고 있었다. 기류가 나빠진
모양이었다. '안전벨트를 매십시오(Please fasten your seat belt)'
라는 안내 방송이 나왔다. 서둘러 안전벨트를 매었다. 비행기
가 하강기류 구역에 들어가는지 아래로 툭, 소리를 내며 떨어
졌다. 동생들도 다행히 안전벨트를 착용하고 있었다. 비행기
창으로 어둠이 묻어나고 있었다.

비가 멎고 바람도 잤다. 비행기는 아무 이상 없이 순항하고
있었다. 그러나 몸의 상태가 좋지 않았다. 꼭 토한 원인만은
아닌 것 같았다. 요즘 공연이다 뭐다 하여 무리를 한 때문인
것 같았다.

다리에 쥐가 났다. 장거리 비행 때면 일어나는 현상이었다.
신발 끈을 느슨하게 풀어 발을 편하게 했다. 양 손가락으로
양쪽 갈비뼈 밑을 눌렀다. 위와 간의 피로를 풀어주는 것이었
다. 은혜가 나의 하는 양을 걱정스럽게 지켜보았다.

"언니, 어디 아파?"

나는 손사래를 쳤다.

"아냐, 괜찮아."

수남이 핀잔을 주었다.

"생선 때문이야. 누나는 생선이 질리지도 않아?"

"그래, 엄마가 팔다 남은 썩은 생선을 남산동에서 엄청 먹었지."

"나는 보기만 해도 구토증이 나."

나는 수남에게서 고개를 돌렸다. 영화가 시작되었다. 아직 개봉을 안 한 한국영화였다. 화면에 우리가 어렸을 때 산비탈에 살던 그런, 고단한 삶을 이어가는 부부와 자식들이 나타났다. 어쩌면 우리의 경우와 그렇게 비슷할까. 나는 그것을 외면하고 눈을 감았다. 토하느라고 힘을 빼서인지 온몸이 나른했다. 나는 비몽사몽간을 오가다 잠의 입구로 빨려들었다.

부모를 만났다. 아버지는 윗목에 시체처럼 누워 있었다. 어머니가 생선을 다 팔고 돌아와 우리를 데리고 어디론가 한없이 가고 있었다.

어머니의 얼굴은 무섭게 일그러져 있었다. 나는 어머니의 손을 뿌리치고 도망쳐 한참을 달렸다. 어머니가 내 앞을 떡, 막아서 손목을 움켜쥐었다. 억센 힘이었다. 어머니에게서 벗어나려 발버둥쳤다. 그러다 깨었다. 눈앞에 남산동이 어른거렸다. 부모, 그리고 어린 우리들과 함께.

어머니는 아버지가 다치자 처음에 파출부로 나갔다. 그러다 생선을 이고 다니며 팔았다. 저녁이면 다리에 알이 배기고 파김치가 다 되어서 귀가하여 곯아떨어지기 일쑤였다.

어머니는 늘 집에 남겨놓고 간 아버지와 우리들이 걱정이었다. 새벽부터 중환자와 어린아이들만 남겨놓고 나온 것이 아니던가. 게다가 아이 둘이 학교에 가 있는 동안, 자신의 대소변도 못 가리는 중환자가, 여섯 살 수남을 돌보는 형국이었다. 의사소통은 되니까, 아버지는 말로 막내를 간수할 수가 있었다.

어머니는 장사를 하다가도 몇 번이나 집 쪽을 맥없이 바라보는 것이 습관이 되어 있었다. 나는 어쩌다 어머니의 그런 모습을 목격하곤 했다. 어머니는 다행히 생선이 잘 팔리는 날은 어두워지기 전에 들어오는 경우도 있지만, 그렇지 못할 때에는 열한 시가 넘어 귀가했다.

상황이 별로 나아지지 않았다. 항상 어머니의 얼굴엔 수심이 가득했다. 오늘 어머니는 자정이 다 되어서야 집에 왔다. 어머니의 얼굴은 먹구름이 잔뜩 껴 있었다. 앞이 전혀 보이지 않는 모양이었다. 어머니는 아버지를 힐끔 보며 애잔한 표정을 지었다.

어머니는 슬며시 일어나더니 과자를 한 보퉁이 사 왔다. 우리에게 마지막으로 줄 선물인 것 같았다. 나는 기다리고 기다리던, 아니 피하고 피하려던 순간이 온 것을 직감할 수 있었다.

다음 날이었다. 어머니는 우리들을 이끌고 택시를 탔다. 처음 타 보는 택시였다. 수남은 무엇이 좋은지 벙글거리며 나부대었다. 은혜는 뭐가 뭔지 모르겠다는 표정으로 뚱하니 앉아 있었다. 나는 앞으로 전개될 보육원 생활에 대한 걱정으로 심장이 뛰었다. 남들에게서 들은 보육원 생활이 어른거렸다.

'원장이 애들을 발가벗겨 놓고 때린대.' 나는 고개를 돌이질 쳤다. 그럴 리가 없을 거였다. 그렇다면 어머니가 우리를 그런 곳으로 처넣을 리가 없다는 확신이 선 때문이었다. 수남은 활짝 웃으며 어머니의 팔에 매달렸다.

"엄마, 택시 타고 어디 가는 거야? 엄마, 우리 오동도 가는 거지?"

어머니의 표정은 침통했다. 나는 수남에게서 시선을 걷어내며 눈을 질끈 감았다. 보육원 정문 앞에서 택시는 우리를 내려놓고 멀리 사라져 갔다.

어머니는 보육원 안으로 우리를 데리고 갔다. 복도를 따라 사무실로 들어가니, 원장과 여직원이 우리를 기다리고 있었다. 어머니나 이모가 미리 연락을 취해 놓은 모양이었다. 우리는 둥근 탁자에 빙 둘러앉았다. 여직원은 어머니에게 유자차를 주고 우리에게는 우유를 내밀었다. 중학생 남자 세 명이, 학교에 다녀왔다는 인사를 하고 숙소로 향했다. 어머니는 몇 번이고 그 학생들의 뒷모습과 우리를 번갈아 보았다. 어머니의 눈에는 눈물이 그렁그렁했다.

여직원이 양육포기각서를 어머니 앞에 내밀었다. 어머니는 한동안 눈을 감고 있었다. 어머니의 맺혔던 눈물이 끝없이 쏟아지고 있었다. 포기각서를 쓰는 어머니의 손은 떨렸고, 거기에 눈물이 먼저 뚝뚝 도장을 찍어대고 있었다. 어머니는 각서를 다 쓰고 일어나 우리를 안았다.

"원장님 말씀 잘 듣고 열심히 공부해라. 나중에 돈 많이 모으면 꼭 데리러 올게. 얘들아, 미안하다. 정말 미안해……."

수남은 과자봉지를 내동댕이치고 어머니의 품에 안겼다.

"엄마, 가지 마. 우리 두고 어디 가는 거야?"

어머니는 벌떡 일어나 도망치듯 사무실을 뛰쳐나갔다. 그리고 보육원 정문 앞에 주저앉아 땅을 치며 통곡했다. 낙엽이 우수수 바람에 날리며 어머니의 머리를 치고 어디론가 사라져 갔다.

이때부터 우리의 시련은 시작되었다. 우리는 부모를 떠났지만, 그래도 함께 있어 서로 의지가 되었다. 그러나 그것도 잠시였다. 우리는 각기 다른 집으로 입양이 되었던 것이다. 포기각서란 그런 것을 의미하는 모양이었다. 부모나 우리에게 아무런 선택권이 없다.

나는 사업을 하는 사람에게로 입양이 되었다. 양부모는 마음씨가 좋아 나를 친자식처럼 대해 주었고, 동생들에게 보내 주기도 하였다. 혈육의 정을 잊지 않게 하려는 배려의 마음에서였던 것 같다.

그런데 양아버지의 사업이 망해 부도를 맞았다. 집달리가 와 장롱에까지 붉은 도장이 찍힌 종이를 붙였다. 나는 할 수 없이 다시 보육원으로 가야 했다. 은혜와 수남도 곧 돌아왔다. 나와 비슷한 상황이었다. 나는 차라리 잘되었다고 생각했다. 잘 사나 못 사나 함께 어울려 있다는 자체만으로도 배가 불렀다. 그런데 우리들에게 두 번째 입양이 기다리고 있었다.

나는 다시 입양이 보내졌다. 양어머니는 내가 이불에 오줌을 조금 지렸다고 매질이었고, 물을 먹다 컵을 떨어뜨려 깼다고 머리채를 잡아 내동댕이쳤다. 이런 짓을 남이 보는 데서도 서슴없이 행했다. 매일 그런 일이 밥 먹듯이 일어났다. 지옥도 그런

지옥이 없었다. 나는 이대로 당할 수만은 없다고 생각했다.

나는 결단을 내렸다. 어디서 그런 오기가 발동했는지 알 수 없었다. 나는 식칼을 빼어 양어머니 앞에 들이댔다.

"자, 내가 너를 죽일까? 네가 나를 죽일래?"

양어머니는 손바닥으로 입을 가리며 슬금슬금 물러섰다.

"어머, 얘 좀 봐라!"

양어머니는 나를 즉시 보육원으로 돌려보냈다. '어린 악마 같은 년'이라는 꼬리표를 붙여서. 동생들도 차례로 보육원으로 되돌아왔다. 이유는 동생들이 말을 듣지 않는다는 것이었다. 그런데 온몸에 상처였다. 동생들이 사정을 말하지 않아도 충분히 짐작할 수 있는 일이었다. 우리 세 남매는 서로 끌어안고서 울고, 또 울었다. 삭풍도 전선을 붙잡고 밤새도록 징징, 울어대고 있었다.

원장이 우리를 대하는 눈빛이나 태도는 많이 달라져 있었다. 어쩌면 이 보육원에서 쫓겨날지도 모른다는 불안감이 엄습했다. 아버지와 어머니를 위하여 그래서는 안 될 일이었다. 나는 동생들을 잡도리하여 원장의 눈에 잘 보이도록 노력했다. 그러면서 가끔 남몰래 이불에 눈물을 쏟곤 했다.

비행기는 날짜 변경선을 지나고 있었다. 지겨움이란 녀석이 내 의식 속으로 슬슬 파고들었다.

비행기 안은 좁아서 다리를 뻗을 공간이 충분하지 않았다. 아직까지 속이 거북했다. 게다가 영화, 비디오 게임기, 아이들의 떠드는 소리 등이 한꺼번에 몰려들어 정신이 몽롱했다.

비행기 내의 환한 불빛은 숙면에 방해가 되었다. 비행기에서 억지로 자려는 것은 차라리 깨어 있는 것만 못했다. 아까 한 차례 잠깐 졸다 깨었을 뿐이다. 몸은 피곤하여 졸린데 목이 말라 잠이 오지 않았다. 승무원에게 물을 가져오라고 호출 버튼을 누를까 생각했지만 좀 미안하다는 생각이 들었다.

이어폰을 귀에 꽂았다. 샹송이 흘러나오고 있었다. 그것은 가냘프게 속삭이며 귀를 간지럽게 했다. 한참을 지나니 그것도 지겨워졌다. 나는 양손을 깍지 껴 뒷목에 대고 상체를 좌우로 돌렸다. 다리를 오므렸다 폈다 반복했다. 그리고 비행기 내를 한 바퀴 돌아보았다. 수남이 안타까운 표정으로 물었다.

"누나, 힘들어?"

나는 수남의 손에 내 손을 살며시 포갰다.

"응, 조금. 그래도 얼마 안 있으면 땅 냄새를 맡을 텐데 뭘."

수남이 투덜거렸다.

"난 아직까지도 뭐가 뭔지 모르겠어. 한국이 나의 나라인지, 미국이 내 나라인지, 친부모가 나의 부모인지, 양부모가 내 부모인지, 뿌리를 못 찾겠어."

나는 잘라 말했다.

"모두 우리나라요, 부모지."

은혜가 끼어들었다.

"처음 파란 눈을 가진 사람들에게 아버지, 어머니라고 부르는 것이 얼마나 어색했던지. 언어도 다르고, 행동도 다르고, 생김새도 다른 아이들과 함께 어울리기는 더욱 힘들었지."

나의 음성에는 힘이 들어가 있었다.

"우리는 그런 것을 모두 극복하고 은혜, 너는 의사가 되었고, 수남은 사업가로 성공하고, 나는 피아니스트가 되었잖니. 모두 자신의 방면에서는 알아주는 처지가 아니냐. 우리는 미국 사회에서도 중류 이상의 반열이야."

수남이 잘라 말했다.

"거기까지 오는 데 얼마나 힘이 들었는데. 나를 버린 조국과 부모에게 오로지 복수한다는 일념으로 이를 악물고 버틴 것이야."

나는 흠칫해 입을 다물었다. 우리는 감정이 격앙되어 큰소리로 떠들고 있었던 것이다. 주위에서 쏘는 따가운 눈총이 사정없이 들이박혔다. 나는 속으로 생각했다. 수남의 이야기가 전혀 틀린 것은 아니었다. 은혜도 말은 안 했지만 수남과 같은 생각이었을 터였다. 나도 그랬으니까.

원장실에서 우리 세 남매를 찾았다. 우리는 무슨 일인가 하여 원장실로 갔다. 원장실에서 원장과 김 선생이 우리를 맞았다.
그녀들은 아무 말 없이 우리를 바라보고만 있었다. 우리는 그들의 눈치만 살폈다. 얼마간 침묵의 강이 흐르고 있었다.
먼저 입을 연 것은 김 선생이었다.
"너희들 미국에 가지 않을래?"
나는 웬 뜬금없는 소린가 하였다. 동생들도 그런 눈치였다. 원장이 말했다.
"너희들이 입양되어 가는 미국의 양부모는 아주 부자야. 의사이지. 그리고 사람들도 좋아. 너희들을 대학까지 보내줄 거야. 너희들에게 지금 행운의 여신이 미소를 짓고 있는 거야."
우리는 입을 다물고 있었다. 우리에게 무슨 선택권이 있겠는가. 이미 정해진 일이었다. 고국과 부모를 떠나 먼 미국으로 간다. 불안감이 가슴 밑바닥에서부터 스멀거렸다.

김 선생은 설명했다.

"양부모의 처음 입양 의뢰가 왔을 때는 한 자녀만을 원한다고 했어. 너희들이 먼저 떠올랐어. 며칠 뒤에 한 아이만 입양하는 것은 곤란하다고 했어. 하여, 이쪽에서 세 명 모두를 입양시킬 수는 없느냐고 물었지. 조금은 벅차지만 가능하다는 거야. '아무 고통 없이 세 아이나 한꺼번에 얻을 수 있으니 얼마나 좋으냐.'는 농담까지 하면서."

원장이 끼어들었다.

"우리는 생각했어. 너희들을 떼어 놓지 않고 모두 좋은 환경에 넣기로. 우리는 너희들의 사진 등을 보냈어. 저쪽에서는 모두 예쁘고 귀엽다며 흔쾌히 승낙했지."

거부할 수 없는 운명이었다. 어머니가 우리의 양육포기각서를 쓰면서부터 시작된 일이었다. 우리는 누군가 미리 입력해 둔 운명이라는 동아줄을 잡고 이역 멀리 떠나게 되어 있었다. 나는 이 줄이 썩은 줄이 아니기를 마음속으로 빌었다.

우리는 미국에서 양부모 대신 온 젊은 여자의 손에 이끌려 난생처음 비행기를 탔다. 나는 눈물로 범벅이 된 눈으로 창밖을 보았다. 한국의 아름다운 자연 풍광이 펼쳐져 있었다. 해변가의 올망졸망한 가옥들도 보였다.

'저기 어디에 부모님이 있을 텐데. 어머니, 왜 우리를 버리셨나요?'

눈물샘이 왈칵 자극되었다. 나는 동생들에게 눈물을 보이지 않으려고 손등으로 눈가를 문질렀다.

오랜 시간 비행기 안에서 기대와 불안감으로 잠이 오지 않았다. 동생들도 그런 눈치였다. 나는 수남의 손을 꽉 잡았다. 수남은 황소 눈을 뒤룩거리며 나를 멀건이 쳐다보았다. 아직 뭐가 뭔지 감이 잡히지 않는 모양이었다. 나는 수남의 잡은 손에 힘을 더 넣었다.

미국에 도착했다. 양부모의 집은 마치 동화책에서 본 것과 같았다. 학교 운동장처럼 넓은 마당에는 잔디가 파랗게 자라고 있었다. 그 한쪽에는 우리를 위해 준비한 듯싶은 노란색 그네와 파란색 미끄럼틀이 한가롭게 놓여 있다. 양부모는 우리를 위해 많은 준비를 해두고 있었던 것이다.

그러나 아직도 불안했다. 수남이 들떠 말했다.

"민지 누나, 와— 좋다. 우리 여기서 사는 거야?"

은혜가 나를 보았다.

"언니, 이 집에서도 쫓겨나면 어떻게 되는 거지?"

나는 자신 없는 음성으로 받았다.

"양부모에게 미움 사지 않게 잘해야지. 청소하고, 설거지하고, 하라는 대로 해야 돼."

"말도 통하지 않는데?"

"여기 말을 빨리 익혀야지."

수남이 민지를 빤히 보았다.

"그러면 동화책에서 본 여기서 우리 함께 사는 거지?"

민지는 은혜와 수남을 끌어안았다. 자신들을 낳은 친엄마도 우리를 버렸는데 모양새마저 이상하게 생긴 남의 나라 사람을 어떻게 믿을 것인가, 민지는 속으로 울고 또, 울었다. 그러다 이를 악물었다. 동생들한테 약한 모습을 보여서는 안 될 일이었다. 민지는 짐짓 웃음마저 지어 보였다.

"그럼, 그렇고말고."

우리는 바뀐 환경에 적응하려 노력했다. 무슨 범죄자처럼 양부모와 주위 사람들 눈치를 살피며 살았다. 양부모에게 잘 보여야 한다는 강박관념이 머리에서 떠나지 않았다. 여기서 버림받으면 갈 곳이 없었다. 농아(聾啞)에 거지꼴이 뻔했다. 그러다 무슨 범죄 조직에 끌려가 어떻게 죽을지도 모르는 일이었다.

우리는 틈만 나면 일거리를 찾았다. 청소하고, 접시를 닦으며, 더할 일이 없나 주위를 두리번거리기 일쑤였다. 의사소통이 전혀 되지 않는 양부모는 이런 우리의 심정을 이해하지 못했다. 본시 한국 아이들은 어려서부터 저렇게 일을 하면서 사는가보다, 그렇게 받아들였을 뿐이다.

양부모가 우리의 마음을 안 것은 말이 얼마간 통하면서부터였다. 양부모는 우리를 기특하게 여기며 친자식처럼 잘 돌봐주었다. 우리도 파란 눈의 양부모를 친부모로 생각하며 성장해 갔다.

양부모는 우리 이름에 한국 성인 김(Kim)을 넣어 불렀다. 나는 산드라 킴이었다. 우리에게 한국인임을 잊지 않게 하기 위한 배려였다. 수남은 거세게 반발했다. 양부의 성을 따 토미 브라운이라 호칭하기를 원했다. 수남은 자신을 버린 한국이 증오의 대상이었다. 친부모도 마찬가지였다. 수남은 어떤 일이 있어도 한국에는 가지 않겠다고 기회가 있을 때마다 강조했다.

수남은 우리와 마찬가지로 학교생활을 시작하고 얼마간의 세월이 흐르자 미국 아이들과 의사소통이 가능해졌다. 그러나 우리는 미국 아이들과 한물이 되지 못했다.

역시 먼 이역의 아이들이었다. 수남의 상황은 남자여서인지 더욱 심했다. 미국의 아이들은 한국에 대해 궁금해했다. 수남에게 이것저것 물어오기도 하였다. 그러나 그네들의 머릿속에는 옛날 전쟁이 일어났을 때 도와준 가난한 나라라는 인식뿐이었다. 수남은 자신이 기억하고 있는 것들을 친절하게 가르쳐 주었다. 하지만 다음 날이면, 언제 봤냐는 듯 고개를 돌리기 일쑤였다. 수남은 상실감으로 치를 떨었다. 은혜나 나도 마찬가지였다.

그런 어느 날이었다. 수남의 입에서 고국과 친부모에 대한 욕설이 거침없이 튀어나왔다. 나는 수남을 타일렀다.

"우리가 태어난 나라와 우리를 낳아준 부모는 언제까지나 잊지 말아야해."

수남은 고개를 돌렸다.

"난, 절대 그럴 수 없어!"

나는 수남의 기분을 더 상하게 하고 싶지 않았다. 그래서 입을 꾹, 다물었다. 나는 한국말을 서서히 잊어갔다. 헌데, 꿈에서는 묘하게 한국말을 쓰는 경우가 많았다. 오밀조밀 정겨운 한국 풍경이 나타났다. 나와 같은 모습을 가진 아이들과 재미있게 어울렸다. 학교 친구도 있고 보육원 동무도 있었다.

이것을 은혜와 수남에게 말하기도 하였다. 그러면 수남은 눈 초리를 치켜올리며,

"나는 꿈도 영어로 꿔!"

하고는 고개를 돌리기 일쑤였다. 수남은 코를 높이기 위해 빨래집게를 코에 물리고 잠자리에 들었다. 외출할 때에는 파란 콘택트렌즈를 꼈다. 운동은 미식축구 같은 격렬한 것을 선호했다. 공부도 미국아이들한테 지기 싫어 죽기 살기로 했다. 어려운 과목은 더욱 그랬다.

그렇다고 동양인의 피가 어디로 가겠는가. 수남이는 그것이 한이 되어 있었다. 그러나 양부모는 우리를 각별하게 대했다. 우리를 친자식처럼 위해줬다. 우리는 양부모를 친부모로 여기며 미국생활에 적응해 가기 시작했다.

보육원 원장의 말대로 우리에게 행운의 여신이 미소를 보내고 있었던 것이다. 이런 저런 노력으로 우리는 모두 학교에서 두각을 나타내기 시작했다. 양부모는 그런 우리를 믿고 지켜보며 성원을 보내고 보듬어주었다.

인천공항에 도착할 시간이 두 시간 정도 남아 있었다. 면세품 판매가 시작되었다. 살 게 별로 없었다. 밝아오는 창으로

시선을 던졌다. 구름만 가득했다. 몸의 상태는 어느 정도 회복이 되었다. 기내의 불이 꺼져 얼마간 잠을 잔 덕택이었다. 귀가 다소 멍멍하고 입안이 바짝 말라 있을 뿐이었다.

나는 여승무원에게 체면 불고하고 물을 달라고 하였다. 수분을 섭취하니 좀 괜찮아지는 느낌이었다. 기내지를 꺼내 여행정보를 읽다가 다시 꽂았다. 우리는 지금 한국에 여행을 가는 게 아니었다. 은혜와 수남을 보았다. 그네들도 깨어 있었다. 은혜와 눈길이 얽혔다. 은혜는 미소를 지어 보였다. 은혜가 말했다.

"언니가 바라던 명문 음대에 입학하고 난 정말 기뻤어. 언니는 프랑스로 유학을 떠났으며 음악콩쿠르에 참가하여 많은 상도 탔지. 언니의 피아노 연주회는 항상 대성황을 이루었고. 난 언니가 자랑스러워."

나는 은혜를 보며 웃었다.

"나도 마찬가지야. 네가 의대를 나와 좋은 의사가 되어 주었고 많은 연구논문을 학술지에 발표할 때마다 너무 좋았지. 수남이 경영학과를 나와 큰 회사에서 승승장구를 하다 젊은 나이에 직접 사업체를 세워 성공한 것도 그렇고."

"언니는 왜 고국과 엄마를 찾기로 작심했어?"

"내가 다닌 대학에는 피부색이 같은 동양계 학생들이 많았어. 그때부터 막연히 고국에 한번 들려봐야겠다고 생각했지. 내 뿌리에 대한 관심이 증폭되고 있었던 시기야."

수남이 나를 보고 눈을 부라렸다.

"난 항상 뿌리를 잘라버리려고 노력했어."

나는 수남의 말을 묵살하고 하던 말을 이었다.

"심리학 교수를 찾았지. 고아들은 10대에는 자기를 버린 부모를 저주하다 20대가 되면 차츰 자신의 뿌리를 찾고 싶어지며 부모를 이해하는 마음이 싹튼대. 하여 자신을 버린 어머니가 가엾어지고 이해하게 된다는 거야."

교수는 인간의 본능은 어쩔 수 없다는 토를 달았지. 그러고 많은 세월이 흐른 다음, 30대가 되어서야 어머니와 직접 통화를 하게 된 것이지.

은혜는 정색을 하고 말했다. 그것은 아버지가 오래 전에 돌아가셨으니 마지막 홀로 남은 어머니를 찾아보자고 언니가 우리를 모아놓고 한 설교야. 우리를 버려야만 했던 어머니를 사랑으로 끌어안자고. 수남은 펄펄 뛰며 반대했지만. 나도 같은 생각이었어.

산비탈에 자리한 단칸 사글셋방이었지만 양지쪽의 툇마루

는 아주 따뜻했었지. 거기서 숙제를 하던 우리들의 어린 날이 언제나 뇌리에서 지워지지 않았어. 항상 아랫목을 지키며 누워 있던 아버지, 당신은 내가 학교에서 돌아오면 항상 밝은 표정을 지으며 빙그레 웃어주었어. 내 마음의 지주였지. 지금 생각하면 그 순간이 나의 생애에 있어 가장 행복한 때였다는 생각이 들어. 수남이 버럭 소리를 질렀다.

"듣기 싫어, 집어 쳐!"

우리는 입을 다물었다. 승객들의 시선이 다시 우리에게 쏠려 있는 때문이었다. 나의 생각은, 은혜와 수남을 설득하고 양부모에게 우리의 입장을 밝힐 때로 돌아가고 있었다.

막상 양부모에게 생모를 만나러 간다는 얘기를 꺼내려 하니까 많이 망설여졌다. 양부모는 내가 대학에 들어가고 피아니스트로 성공했음을 자신이나 친자식의 일처럼 기뻐했다. 나는 한참을 생각했다. 친부모가 버린 자식을 이렇게 잘 길러주었는데 배은망덕을 저지르는 것만 같았다. 양부모는 배신감에 허탈한 심정이 되지는 않을까. 그러나 양부모를 속일 수는 없는 일이었다.

양부모와 함께한 자리에서 모든 것을 털어놓았다. 그리고 용서를 빌었다. 양부는 얼굴을 활짝 펴며 말했다.

"잘 생각했어. 너희들 자신의 뿌리를 찾고 어머니도 찾아봐
야지."

나는 양부모의 손을 잡고 눈물을 흘렸다. 그러고는 한국행
을 서두르고 있었다. 반대하던 수남을 겨우 설득하여, 이제
한국에 가기로 작정했으니, 한국에 대해 얼마간 상식을 쌓아
야겠다는 생각이 들었다.

우리는 모국어를 잃어버린 사람들이었다. 한국어를 다시 익
히려면 한인교회를 찾아가는 게 낳을 듯싶었다. 우리가 사는
근처에 〈중앙한인교회〉가 있었다.

그러나 수남은 역시 반대였다. 나와 은혜는 마침 일요일이
라 전화를 넣고 바로 찾아갔다. 신도 수가 눈짐작으로 100여
명은 되어 보였다. 한국인이 대부분이었고, 군데군데 서양인
도 눈에 띄었다.

분위기는 엄숙했다. 성가대의 찬송가가 울려퍼졌다. 이어서
한국인 목사의 한국어 설교가 이어졌다. 한 계단 아래에서 젊
은 한국인 여자가 유창한 영어로 동시통역을 해주고 있었다.
한국인과 국제결혼한 가족의 편의를 위해서인 듯싶었다.

잃어버렸던 모국어가 서서히 나의 기억 속에서 살아나고

있었다. 목사는 종교의식이 모두 끝나자 아래층에서 식사를 하고 가라고 하였다. 음식은 한국식으로 준비하였단다. 나와 은혜는 호기심을 가지고 식당으로 갔다. 미역국과 비빔밥이 준비되어 있었다. 소고기, 콩나물, 상추, 깻잎도 있었다. 얼마 만에 맛보는 음식이던가.

음식들을 입에 넣으니 목이 메어왔다. 골목길이 구불구불 이어진 남산동 생활이 다시 생각났다. 아버지와 어머니의 모습이 아른거렸다.

식사를 하며 교우들과 많은 이야기를 하였다. 초면이었지만 모두 친절하게 대해 주었다. 이것은 동포애의 발로가 아닐까 생각되었다.

한인교회를 찾기 잘했다는 생각이 들었다. 이 교회에 한국 어 강좌가 무료로 개설되어 있었다.

은혜와 나는 한국어를 열심히 공부했다. 처음 배운 단어가 엄마, 아빠였다. 그 단어를 뇌까리자 눈물이 나왔다. 여기서 생모를 만나야 한다는 생각이 굳어졌던 것이다.

비행기 도착시간이 가까워 왔다. 나는 미리 화장실에 다녀 왔다. 물건을 챙기고 신발 끈을 묶었다. 비행기가 착륙하기

직전이었다. '안전벨트를 매고 비행기가 완전히 정지할 때까지 안전벨트를 풀지 말며 자리에서 일어나지 말라'라는 기내방송이 나왔다. 나는 마음이 설렜다. 한국사람으로 보이는 몇이 비행기 바퀴가 땅에 닿자마자 바로 안전띠를 풀고 짐을 내려 나갈 준비를 했다.

나도 그들 대열에 합류했다. 나도 별수 없는 한국사람인 모양이었다. 그러나 저것이 바로 한국을 발전시킨 원동력일 터였다.

우리는 출국 수속을 밟았다. 그러며 생각했다. '어머니라고 불러야 하나, 엄마라고 호칭해야 하나. 그래도 엄마가 낫겠지? 자연스럽잖아.'

두근거리는 가슴은 발걸음마저 휘청거리게 했다. 자동문이 드르륵, 열리자 마중 나온 많은 사람들의 눈이 입국장을 주시하고 있었다. 작은 피켓을 들고 서 있는 사람, 종이를 두 손으로 받쳐 들고 서 있는 사람, 손수건을 흔들어대는 환영객 등 각양각색이었다.

그들 중에 한 노파가 눈에 들어왔다. 깡마른 체격에 작은 키였다. 갸름한 얼굴에 입술이 툭 튀어나왔다. 분명 어머니였다. 어머니는 60이 갓 넘었을 나이인데 70도 훨씬 넘은 노인으로 보였다. '얼마나 고생을 했기에……' 가슴이 쓰렸다. 나는 어머니에게로 달려갔다. 어머니를 얼싸안았다.

"엄마, 저 민지예요."

어머니는 휘청했다.

"그래, 내 딸. 그런데, 은혜와 수남은?"

"저기 있어요."

어머니는 눈길을 돌려 내가 가리킨 곳을 응시했다. 은혜가 다가오고 있었다. 수남은 그 자리에 우뚝 서 움직이지를 않았다. 못 볼 것을 본 것처럼 얼굴을 잔뜩 구기고 있었다. 나는 수남을 향해 손짓을 했다.

"수남아, 엄마야. 빨리 와."

수남은 버럭 소리를 질렀다.

"난, 한국에 어머니 없어!"

어머니는 수남의 말을 듣고 혼절했다. 의사인 은혜가 응급처치를 했지만 어머니는 깨어나지 못했다. 시체처럼 널브러져 있었다. 우리 옆으로 사람들이 몰려들고 있었다. 어떤 사람이 119에 연락을 했다. 구급차가 달려와 우리, 그리고 어머니를 싣고 병원으로 달렸다. 은혜는 어머니 곁에 붙어 의사로서 할 일을 다 하고 있었다. 은혜의 덕분인지 어머니가 손을 조금씩 움직이기 시작했다. 눈도 몇 번 떴다 감았다. 그때였다. 수남이 어머니를 와락 끌어안았다. 수남은 울먹였다.

"엄마! 내가 얼마나 엄마를 보고 싶어 했는지 알아. 한국을 얼마나 그리워했고. 엄마, 걱정 마. 내가 미국에 모시고 가서 모실게. 호강도 시켜 주고. 엄마, 눈을 떠 봐!"

어머니는 가늘게 눈을 뜨고 수남을 보았다.

"수남아, 내가 못할 짓을 했지?"

"어쩔 수 없는 상황이었잖아요."

어머니는 수남을 안았다. 어머니의 눈에서는 한없이 눈물이 흐르고 있었다. 나와 은혜는 다소 놀란 눈으로 어머니와 수남을 물끄러미 바라보고 있었다. 수남의 넓은 등이 믿음직스럽게 보였다. 나는 가슴을 쓸어내리며 안도의 숨을 길게 내쉬었다.

인생극장

◉ 소설가의 일상을 한두 가지 소개해주세요.

일주일에 세 번, ZOOM을 통해 문학과 성경 공부를 합니다. 문학 공부는 작품 합평을 하기에 항상 긴장해 있지요. 작품 준비를 해야 하니까요. 성경 공부는 떨어져 사는 가족을 만난다는 의미로 모이기에 큰 부담은 없습니다.

◉ 영향 받았거나 존중하는 소설가는 누구인가요?

한승원.
나의 스승이기도 한 선생님은 생활에 흐트러짐이 없고 집필에

도 쉼이 없으셔서 존경스럽습니다. 나도 선생님처럼 나이 들어가
도 계속 글을 쓸 수 있겠구나 하는 생각을 하면 힘이 납니다.

◉ 소설을 쓰기 위한 자신만의 습관 같은 게 있는지요?

습관 같은 것은 없고 소재가 떠오르면 '이거다!' 하고, 발단,
전개, 위기, 절정, 결말을 넣은 산을 하나 머릿속에 그려 놓습니다.

◉ 자신의 습작과정을 간략하게 말씀해주세요

대중 매체에 투고하면 채택되는 것이 신기해 시작한 글쓰기가
30여 년이 되었습니다.
하지만 세월에 비추어 문장력이 썩 는 것 같지 않아서 현재도
습작과정이라 생각하며 살고 있습니다. 이런 생각은 평생토록
지워지지 않을 것 같습니다.

◉ 자신의 취향이나 좋아하는 음식은 어떤 것인지, 또 그것이 소설에
어떤 형태로 반영되는지 궁금합니다.

무엇이 되겠다거나, 기어이 어떤 걸 이루고야 말겠다는 목표도
없이 물결 따라 흐르듯이 쉬지 않고 작품 활동을 하다 보니까

여기까지 온 것 같습니다.

특별히 좋아하는 음식은 밥하기 싫은 사람이면서도 집밥을 좋아하고요, 제 소설과는 관계도 없는 치즈가 듬뿍 들어간 피자가 맛있던데요. 하하

◉ '돌아오는 길'은 이른바 뿌리 찾기 계열의 소설입니다. 미국으로 입양된 세 남매가 의사로, 피아니스트로, 사업가로 각각 성공한 뒤 자신을 버린 엄마를 상봉하기 위해 조국으로 돌아오는 이야기입니다. 이 소설에 대한 작가의 후일담을 듣고 싶습니다.

주인공의 부모는 전쟁고아였습니다. 모든 것이 풍족해진 오늘의 우리나라를 외국에서도 가히 기적이라고 합니다. 전쟁의 잿더미 속에서 일어나 단기간에 세계 10위권의 경제 대국을 이루었으니까요.

젊은 세대에는 부모들이 일으켜 세워 놓은 나라의 소중함을, 기성세대에게는 가슴 쓰린 아련한 추억으로 가슴을 데워주고 싶은 마음이었습니다.

지금이야 언제 그런 슬픈 전쟁이 우리에게 있었냐는 듯 까맣게 잊고 살지만 이런 전쟁은 어떤 이유에서도 있어서는 안 된다는 것을 말하고 싶었습니다.

◉ '사자와의 대화'는 과년한 딸의 결혼 문제에 대해 남편의 영정 앞에서 대화를 나누는 특이한 일인칭 독백체입니다. 결혼에 대한 엄마와 딸의 가치관이 충돌하는 것도 흥미롭고, 결혼상담소에 비추어지는 세태 또한 비판적으로 읽힙니다. 작가는 이 소설을 통해 어떤 문제를 부각시키고 싶었는지요?

결혼을 하지 않는 세상이 도래한 것 같습니다. 나름대로 이유가 다 있겠지만 남녀를 가릴 것 없이 결혼을 미루어 1인 가구가 늘어나는 추세입니다. 이는 한 가정의 문제를 벗어나 국가적 문제입니다.

결혼을 하지 않으니 자연 아기도 태어나지 않을 수밖에요. 인구가 늘어나지 않는다는 것은 가정에도 국가에도 재앙이요 불행이라 여겨집니다. 집집마다 떠들썩하게 아이들의 웃음소리와 울음소리가 뒤섞여 울려 퍼져 살 수 있는 환경이 되었으면 하는 염원이었습니다.

◉ '객석'은 아마 이 소설집에서 가장 빛나는 작품이 아닌가 여겨지기도 합니다. 작가의 표현대로 '인생극장'을 보고 있는 느낌입니다. 6인용 병실에 입원한 환자들의 라이프 스토리가 하나씩 벗겨지면서 소설의 전면에 등장합니다. 희비극이 뒤섞인 이야기이고, 그 이야기가 한국사회의 일면을 드러내고 있다는 점과 작가의 푸짐한 입담은 소설 읽는 재미를

던져줍니다. 이 소설에는 허구와 현실(작가의 체험)이 어느 정도로 섞여 있는지요?

　체험과 허구가 5대 5쯤이라 할까요.

　어느 날 필자가 계단에서 뒹굴어 골절로 병원에 입원하게 되지요.

　뼈가 부러진 아픔 속에 왕왕거리는 TV 소리와 입원 환자들의 떠드는 소리까지 신경이 곤두서 참기가 힘들었습니다.

　눈을 지그시 감았습니다. '피할 수 없으면 즐겨라.'는 말이 떠오르더라고요.

　즐기기로 마음먹자 처한 상황이 즐거워지더라고요. 이 분들 한마디 한마디가 연극이나 영화 대사로 들리는 거예요.

　이분들이 암송해준 대사와 상상력이 함께 버무려져 객석이 태어났습니다.

◉ 이 소설집에는 병원, 의사, 병에 대한 지식들이 많이 등장합니다. 물론 작가의 취재라고 보여지지만 이런 부분에 대해 덧붙이고 싶은 말이 있는지요?

　취재와 경험 등이 토대가 되었습니다. 물론 인터넷도 한몫했고요.

　많은 학자들의 연구로 의술도 놀라울 정도로 발전하는데 아직도 손을 쓸 수 없는 병이 있다니 안타까웠습니다.

◉ 이번 소설집에 실린 5편의 소설 중에 제일 아낀다고 생각하는 작품에 대해 설명을 부탁드립니다.

〈비밀〉.
어느 날 라디오에서 들려주는 청취자의 사연을 듣게 되었습니다.
내 가슴을 먹먹하게 한 사연은 곧 한편의 소설 소제가 되었습니다.
'안복순 님, 당신은 선각자요!'
이 시대의 수많은 안복순이 사연에 공감하며 또한 용기를 얻을 것 같았습니다.
나는 곧 집필에 들어갔습니다.
상상력이 날개를 달아 손가락도 컴퓨터 자판에서 춤을 추었습니다.
아파트 건너편의 서산으로 해가 뉘엿뉘엿 기울고 있을 때는 컴퓨터 모니터에 완성된 드라마 한 편이 내장되어 있었습니다.

◉ 동화도 쓰시고, 수필도 쓰시고, 소설도 쓰시는 분입니다. 세 장르에 대한 입장이나 상관성에 대해 말씀주세요.

모두 스토리로 엮어진 산문이기에 특별히 다르다고 생각지는 않습니다. 다만 독자가 성인과 어린이로 구분이 되기 때문에 내용과 사용하는 단어를 잘 골라야 한다는 생각입니다.

예를 들어 동화에서는 한문 투의 글은 풀어서 쓰는 편이지요. 쉽게 말해서 '객석'을 동화 제목으로 한다면 '연기자와 손님' 이렇게 될까요? 아! 재미가 영 아니네요. 하하.

◉ 소설을 쓰실 때 허구와 현실경험을 어떤 비율로 소설에 반영하는지 작가만의 작법이 궁금합니다.

허구와 현실 경험의 비율을 따로 정하지는 않습니다. 하지만 100% 허구로 창작하는 일은 어렵더라고요. 소도 가려울 때 비빌 언덕이 필요하듯이요.
〈눈먼 자의 꿈〉은 현실과 허구가 4대 6쯤이라 생각해도 되겠습니다.

◉ 소설가에게 제일 중요한 재능은 어떤 것이라고 생각하시나요?

제가 재능이 있어서 소설을 쓴 것이 아니기에 말씀 드리기가 어려운데요.
아무튼 상황에 맞게 말을 잘 둘러대면 '소설 쓰고 있다.' 하지 않던가요?
허구를 진실인 듯 능청스레 잘 둘러대는 것이 능력이라면 맞지 않을까요?

◉ 자신의 소설이 주로 어떤 계의 독자에게 읽히기를 원하는지요?

서민층의 젊은이와 조국 수호에 이바지한 기성세대.

◉ 앞으로의 집필 계획을 말씀해주세요.

을사 늑약 체결을 반대하는 상소를 고종에 올렸다가 통과되지
않자 직각 벼슬을 버리고 고향에 내려와 초등학교를 세웠던 고정
주 이야기를 쓰고 싶은데 잘 되려는지 모르겠습니다.

지은이 **양정숙**

전북 순창에서 태어나 부안에서 자랐다.
조선대학교 문예창작과, 광주교육대학교 대학원(석사) 아동문학교육과에서 공부했다.
1995년 ≪수필과 비평≫에서 수필로 신인상을 받았으며, 2016 무등일보 신춘문예에 동화
가 당선되었다.
지은 책으로는 동화집 「구리구리 똥개구리」 「감나무 위 꿀단지」 「충노, 먹쇠와 점돌이」
「알롱이」 「까망이」, 그림책 「새롬음악회」 「섬진강 두꺼비 다리」 「알롱이의 기도」 「택배로
온 힘찬이」, 수필집 「엄마, 이세상 살기가 왜 이렇게 재밌당가」 등 총 10권의 책이 있다.
수필로 〈대한문학상〉, 단편소설로 〈여수 해양문학상〉, 동화로 〈천강 문학상〉 〈민들레 문학
상〉 〈광주전남 아동문학상〉 〈광주문학상〉 등을 수상했다.

객석

© 양정숙, 2022

1판 1쇄 인쇄__2022년 06월 20일
1판 1쇄 발행__2022년 06월 30일

지은이__양정숙
펴낸이__양정섭

펴낸곳__예서
　　　등록__제2019-000020호

제작·공급__경진출판
　　　이메일__mykyungjin@daum.net
　　　블로그__https://mykyungjin.tistory.com/
　　　사업장주소__서울특별시 금천구 시흥대로 57길(시흥동) 영광빌딩 203호
　　　전화__010-3171-7282　팩스__02-806-7282

값 15,000원
ISBN 979-11-91938-17-3 03810